CHEZ BABOUCHKA

Janine Boissard

CHEZ BABOUCHKA

Belle-grand-mère 2

roman

Fayard

RR/8.041

Merci au docteur Gilbert Landthaler et à son équipe. Ils m'ont permis de mieux comprendre la souffrance et l'espoir de Victor.

CHAPITRE PREMIER

C'est un samedi de septembre, au ciel d'or bleu, sans vent, sans bruit, et qui ne demande rien à personne. Qui demande seulement que l'on veuille bien cueillir les pommes et les étaler sur des claies, à distance les unes des autres afin de goûter le plus longtemps possible la saveur d'un fruit à soi, poussé sur Sa terre, nourri de Ses pluies et de Son soleil : joie du capitaliste terrien.

C'est le premier samedi après la rentrée des classes et, en fin de matinée, *La Maison* retentira de cris d'enfants tout fiers d'un cartable et d'un blouson neufs, pleins d'histoires de copains retrouvés, de nouvelles amitiés, de premières bagarres. Et, lorsque le soir tombera, les mères s'installeront comme chaque année à la grande table de la salle à manger pour recouvrir les livres et coller les étiquettes sous l'œil exigeant des collégiens.

Un samedi où, dans leur chambre, fenêtre ouverte sur jardin, deux grands-parents profitent d'un moment de douceur avant de se lever. Elle, a la tête sur l'épaule de Lui, qui vient d'annoncer qu'il serait peut-être temps d'aller mettre le café en route, qu'est-ce que tu en penses, ma chérie ?

« Encore une petite minute, on est si bien », a-t-elle

supplié en emprisonnant les jambes de son ex-commandant de la Marine nationale dans une impeccable clé anglaise (apprise à ses cours de self-defense). Le petit matin l'a toujours inspirée et voilà que ce grand corps chaud qu'elle tenaille entre ses cuisses lui donne, comme diraient ses filles, « des idées de câlin »...

Mais, soudain !

– Écoute... Tu n'as rien entendu ?

En bas, comme un coup frappé à la porte. Pas la porte d'entrée, celle qui ouvre sur la pelouse et ses noueux gardiens, les pommiers.

– Sûrement un oiseau, décrète Grégoire dont l'ouïe ne s'améliore pas avec l'âge.

– Mais non ! Tiens ! Encore...

Cette fois-ci, j'en suis sûre, on a frappé ! Je libère mon mari et cours à la fenêtre.

– TATIANA !

En chemise de nuit, pieds nus sur le sol carrelé de la terrasse, une toute petite fille tambourine aux volets. « Mais elle va attraper la mort ! », s'écrie Grégoire derrière mon épaule. La condamnée aux boucles blondes renverse sa tête, nous découvre, tend ses bras comme si nous pouvions la puiser de là-haut.

– Ne bouge pas, on vient !

L'un derrière l'autre, nous descendons l'escalier. « Dévaler » serait, hélas ! un mot trop périlleux pour nos os. J'ouvre porte et volets, reçois Tatiana dans mes bras : « Mais, ma chérie, mon trésor, qu'est-ce que tu fais là ? »

Et il faut l'oreille exercée d'une grand-mère pour traduire la réponse : « Maman pleure... »

– Ils ont dû arriver tard cette nuit, je n'ai rien entendu, et toi ? interroge Grégoire.

– Moi non plus, rien !

Tous deux en bottes et robe de chambre, moi portant Tatiana enveloppée d'un caban, nous traversons la pelouse mouillée de rosée, direction 2001, ou, si vous préférez, *La Géode*, résidence secondaire de notre fille cadette Charlotte et de Boris, son nouveau mari. Lorsqu'il y a deux ans, notre voisin, un vieux paysan, est mort et que son champ a été mis en vente, Boris nous a demandé l'autorisation de l'acheter pour y construire sa maison. Il faut reconnaître que la famille ne tenait plus dans la nôtre. Chaque fin de semaine représentait un vrai casse-tête. Audrey, notre aînée, son mari Jean-Philippe et leurs trois petits, notre fils Thibaut et son Justino, Charlotte qui, en se remariant, se retrouvait à la tête de cinq enfants !

Cela a donc été oui. Un grand « oui » enthousiaste de ma part, plus réservé de celle de Grégoire qui, de naturel prudent, attendait de voir ce que l'on édifierait à quelques dizaines de mètres de notre habitat principal.

Nous avons vu !

Là où, quelques mois auparavant, nous accoudant à la fenêtre de notre chambre, nous pouvions admirer la campagne à l'état sauvage, s'est mise à enfler une sorte de bulle, une capsule d'extra-terrestre, mi-verre, mi-acier, sortie des imaginations débridées de notre gendre (réalisateur dans la pub) et d'un architecte de ses amis (aussi fou que lui).

Je la trouve superbe. Grégoire n'en est pas encore revenu. Un rideau de peupliers argentés a été planté qui nous prive en partie du spectacle. Afin d'avoir jardin commun, nous avons fait tomber les barrières ancestrales du vieux paysan, faites de bon pin qui termine sa carrière en gerbes d'étincelles dans notre cheminée.

— Vivre dans un machin pareil, je me demande comment ils font ! Moi, je ne pourrais jamais, remarque mon mari pour la millième fois depuis la pendaison de crémaillère.

Là-haut — car le terrain monte légèrement –, on aperçoit dans le salon les maîtres de céans. « Maman pleure... » Ai-je traduit correctement ? Il n'est pas aisé de faire pleurer Charlotte, surnommée à juste titre « Mururoa » pour avoir été conçue, il y a une trentaine d'années, sur l'île chérie des écolos.

Bien que la porte soit entrouverte, Grégoire sonne. Plus on vit près les uns des autres, plus il s'agit d'être discret.

— Tatianouchka !

Boris découvre, incrédule, les boucles dorées et l'œil châtaigne qui dépassent du caban. Puis son regard vole là-haut, où, apparemment, il croyait sa toute petite dernière à l'abri dans sa chambre.

— Elle est venue nous faire une visite, explique Grégoire en serrant la main de son gendre que, pour ma part, j'embrasse sur les deux joues car il est de la race des silencieux — et l'expérience m'a appris que les silencieux étaient à embrasser deux fois plus que les autres, même s'ils tentent de se dérober.

— Cette épouvantable gamine ne pense qu'à fuguer. Elle doit tenir de sa grand-mère, plaisante Charlotte en nous présentant ses joues.

J'ignore si ma fille a pleuré mais, sous ses yeux, c'est bleu insomnie. Boris ne semble guère plus frais. Contrairement à nous, tous deux sont déjà habillés.

Grégoire saisit mon bras.

— Allez, on les laisse. On se retrouve pour déjeuner ?

– Restez, s'il vous plaît, dit Boris d'une voix pas du tout comme d'habitude. Nous nous apprêtions à venir vous voir. Un café ?

Et, comme nous les suivons vers la salle à manger, je remarque, au pied de l'escalier, plusieurs grosses valises. Grégoire les a vues lui aussi et son regard inquiet cherche le mien.

Un samedi au ciel d'or bleu qui se charge d'orage.

CHAPITRE 2

Le rez-de-chaussée de *La Géode* n'est qu'un immense salon-salle-à-manger-cuisine sans cloisons pour séparer les pièces. De légères différences de niveau marquent le passage de l'une à l'autre. Un escalier aérien tournoie jusqu'à l'étage où se trouvent chambres à coucher et salles de bains. Le sol est fait de larges carreaux couleur miel. De toute part la lumière pleut. Féerique.

Charlotte dispose les tasses sur la table de la salle à manger. Boris y verse le café. Silence en bas. En haut, rire hystérique de Tatiana, soumise par sa demi-sœur Capucine à la torture des chatouilles. Grégoire et moi évitons de regarder du côté des valises. Boris s'éclaircit la voix.

— Une mauvaise nouvelle ! Je n'ai plus de travail depuis hier.

— Ces salauds l'ont viré, complète Charlotte.

— Mais c'est impossible ! s'exclame Grégoire. On ne vire pas quelqu'un comme ça ! Du jour au lendemain.

— J'ai été averti en juin dernier, explique Boris.

— Et vous ne nous avez parlé de rien ?

Le cri m'a échappé, plus triste qu'indigné.

— On ne voulait pas vous inquiéter, explique Charlotte. Boris espérait trouver vite autre chose. Il a passé l'été à chercher.

C'était donc ça ! Cet été, pas de voyage pour les Karatine. Notre fille ici avec les enfants. Boris constamment sur les routes. Nous nous en étonnions à peine : le métier de notre gendre l'oblige à bourlinguer beaucoup. L'obligeait ?

De sales mouches noires, appelées « licenciement, dégraissage, chômage », tourbillonnent dans ma tête. Quelle égoïste je fais ! C'est seulement aujourd'hui, parce que ma famille est touchée, que cette catastrophe, subie par tant de malheureux, redoutée par les autres, me frappe pour de vrai.

— Et alors, ces recherches ? interroge Grégoire d'une voix altérée.

— Néant ! répond Boris. Je crois avoir frappé à toutes les portes de toutes les boîtes de production existantes. Rien nulle part ! Vous savez ce qu'ils font ? Ils vont tourner en Angleterre, avec des gens du cru. Ça leur coûte deux fois moins cher.

Il se lève pour aller chercher une cigarette, en aspire quelques bouffées, bien profondes, bien polluantes. Il se punit en s'empoisonnant ? Je remarque ses maxillaires serrés. Il souffre. Notre élégant prince russe est déchu. Notre généreux et prodigue gendre vient d'être remercié. Et tout ce qui faisait son charme (à mes yeux), son originalité douteuse (à ceux de Grégoire), me paraît soudain pitoyable : la queue de cheval, la chemise de soie, le pantalon de cuir, les bagues, l'anneau à l'oreille. Un costume de scène.

— Viens ! appelle Charlotte.

Elle lui tend la main et il vient s'asseoir près d'elle, et elle appuie sa tête sur son épaule, solidaire. Notre fille aussi travaillait dans la publicité. Après la naissance de Tatiana, elle n'a pas retrouvé son emploi mais, avec sa nombreuse famille et la construction de *La Géode*, elle a remis à plus tard le moment de chercher.

— Et que comptez-vous faire ? demande d'un ton rude Grégoire à son gendre.

C'est Charlotte qui répond :

— On commence par s'installer ici. Nous avons rendu le loft. Ce sera toujours le loyer d'économisé.

Le loft est le superbe appartement qu'ils louent à Caen. Qu'ils louaient... Notre fille nous regarde avec défi :

— Si cela ne vous ennuie pas trop, bien sûr.

— Mais pourquoi veux-tu que ça nous ennuie ? Au contraire, nous serons ravis.

Ravis... Le mot a sonné faux, comme ma voix, presque mondaine alors que l'angoisse me serre le cœur. C'était pour compenser la froideur de Grégoire. A vouloir manifester de l'amour pour deux, j'en fais trop.

— Babou... Pacha...

Au balcon de la loggia, viennent d'apparaître les deux aînés de Boris : Dimitri et Anastasia, dix-sept et quinze ans, mes beaux-petits-enfants. Ils dégringolent les marches pour venir nous embrasser. Avec ses fins cheveux clairs qu'il porte longs comme son père, son teint pâle et ses airs volontiers absents, Dimitri joue au poète maudit. Pommettes hautes, yeux en amande, très bleus sous l'abondante chevelure auburn, Anastasia devient à croquer. Le portrait de sa mère, paraît-il, la dénommée Galina, première femme de Boris, une sale égoïste ! (Pour ne pas dire autre chose.)

Je demande :

— Et Victor ?

– On est venu le chercher à huit heures. Vous n'avez rien entendu ?

– Rien.

« On », c'est l'ambulance, dite « légère », qui vient prendre à domicile le fils cadet de Boris pour l'emmener à Rouen subir des séances de dialyse. Trois fois par semaine, quatre heures par séance. Les reins de Victor ont la taille de deux haricots blancs. Ils ne font plus leur boulot d'épurateurs de sang. Et cela fait huit ans que ça dure. Et voilà la cause du départ de Galina, parolière de chansons, interprète à l'occasion, dont cet incident de parcours troublait l'inspiration. Une belle salope ! (C'est dit.)

Charlotte se tourne vers moi :

– Maman, une petite séance de réanimation, ça te dirait ?

J'ai suivi ma fille dans la cuisine. La « séance de réanimation » consistait à se faire griller des tartines. Depuis l'enfance, en cas de coup dur, mes filles y recouraient. Et tandis que Charlotte disposait celles-ci sur les bons vieux grille-pain, seules reliques du passé dans cet univers de laque, ondes et électronique, tandis qu'elle sortait beurre, miel et confitures, il me semblait voir ses joues reprendre des couleurs : le soulagement de nous avoir parlé ?

– Pourquoi avoir tant tardé ? lui ai-je reproché. A quoi ça sert, les parents, si ce n'est à partager les soucis ?

– C'est Boris qui voulait attendre. Et puis, au début, il était tellement sûr de retrouver. Il en est malade, tu sais ! Surtout vis-à-vis de papa.

Elle a désigné le salon :

– Regarde. On le comprend.

L'un en robe de chambre pépère, l'autre de cuir et de soie vêtu, ils étaient à présent debout face à la baie. Mains croisées derrière le dos, celui en robe de chambre contemplait le paysage, tandis qu'à ses côtés l'artiste parlait en faisant de trop grands gestes. « Mais où trouvent-ils tout cet argent ? » s'inquiétait Grégoire en voyant éclore cette maison, y entrer le mobilier le plus moderne, s'y faire les aménagements les plus sophistiqués.

J'ai pris mon courage à deux mains. C'était tout de suite, à chaud, qu'il me fallait poser la question. S'ils avaient des ennuis d'argent, jamais Charlotte n'en parlerait d'elle-même. Et elle préférerait aller faire la manche dans les rues de Caen plutôt que de nous demander de l'aide.

— Financièrement, où en êtes-vous, ma chérie ?

Son regard s'est perdu dans les couleurs liquides du lustre de Venise.

— Pas génial ! Boris gagnait des masses, mais il était payé au coup par coup. Ça veut dire, pas d'indemnités. On se renseigne pour le chômage. L'ennui, c'est qu'on a fait pas mal de dettes avec cette baraque.

La réponse à l'interrogation de Grégoire venait de m'être donnée : ils trouvaient « tout cet argent » dans le chéquier des autres.

Charlotte m'a tendu une tartine :

— Au miel de sapin, ton préféré. Allez, maman, souris. On est vivantes...

Un peu plus tard, je suis montée admirer cahiers, livres et crayons neufs de Capucine, huit ans, fille de Charlotte et de son premier mari. J'ai raconté à Tatiana l'histoire d'un petit lapin qui ne pensait qu'à se sauver de sa maison alors que c'était défendu et avait un jour affaire à M. Renard. Onze heures allaient sonner, j'étais toujours en robe de chambre. Mon Grégoire avait disparu depuis longtemps.

Dans le jardin, Boris s'affairait autour de son mimosa quatre saisons. Déjà le vert tournait au fauve, au pourpre parfois. Déjà l'automne ? Je me suis arrêtée près de mon gendre.

— Vous n'êtes pas seul, vous savez.

Il est resté immobile durant quelques secondes, puis il a ramassé les branches de mimosa qu'il venait de couper et me les a tendues.

— C'était pour vous.

— Brin de mimosa... si vous me faisiez un brin de conduite... ai-je suggéré. Et nous sommes descendus à petits pas vers *La Maison*.

— Vous voyez, Babou, a-t-il remarqué d'une voix sourde, me prénommant ainsi que le font les petits, depuis vingt ans, ma vie, ce sont les idées. Elles me viennent comme les fleurs sur ce mimosa. Elles n'arrêtent pas de me venir. Et, tout à coup, voilà qu'elles n'intéressent plus personne. Personne pour les cueillir, ni même pour les regarder. C'est comme si... on rejetait mon âme. Pouvez-vous imaginer que l'on vous confisque vos pinceaux ?

J'étoufferais ! Bien que peindre ne soit pas mon métier, je me sentirais amputée du meilleur de moi-même. Mais n'était-ce pas cela que ressentaient tous ceux à qui l'on supprimait leur travail et, du même coup, leur fierté, leur dignité ? A nouveau, je m'en suis voulu d'avoir pensé à eux si distraitement. J'ai pris le bras de Boris. En deux ans, je m'en rendais mieux compte aujourd'hui, il était devenu pour moi comme un fils : l'artiste, le funambule que l'on admire sur son fil... tout en fermant les yeux de peur de le voir tomber.

— Vos idées, vous les exprimerez à nouveau, vous verrez. C'est plus fort que tout les idées !

Il a hoché la tête et regardé *La Maison*, notre

bonne vieille Normande sans histoire, pleine d'histoires du passé.

– Moi qui avais décidé d'offrir... le monde à Charlotte, voilà qu'elle se retrouve avec un vieux Russkoff dont plus personne ne veut.

CHAPITRE 3

— Je regrette, mais quand on a cinq gamins, dont un en mauvais état, on essaie de prévoir l'avenir, on ne jette pas l'argent par les fenêtres, on ne se construit pas la maison la plus chère de Normandie, même pas normande en plus !

Habillé, lui, Grégoire arpente le salon. J'espérais rentrer au calme, qu'il serait parti acheter le poisson pour le déjeuner, mais non ! Il m'attendait, faisant monter sa colère pour me la servir comme un mauvais soufflé. Était-il trompeur, notre réveil ! Elle est loin, ma pulsion de câlins... Sur un visage jeune, la colère peut être belle, une flamme supplémentaire. Elle dévaste le visage de Grégoire.

— Veux-tu que je te dise ? C'est un irresponsable, ton gendre.

Lâcheté des hommes ! Ce n'est pas à « mon » gendre qu'il l'aurait dit tout à l'heure. Il s'est contenté de jouer les grandes muettes avant de se sauver, me laissant trouver les réponses à l'angoisse des enfants. Quitte à me les reprocher après. Car ne sont-elles pas faites pour ça, les femmes ? Servir de tampon entre mari et enfants, frères et sœurs ? Faites pour colmater les brèches de l'esprit de famille, désamorcer les colères, ravauder les pannes d'affection. Je cherche les mots pour défendre Boris. Ce sont ceux de Charlotte qui me viennent. Il est vrai que lorsqu'on « gagne des masses » dans un métier sans filet, la prudence voudrait que l'on ne dépense pas tout. Tout et plus ! Si Grégoire savait...

— Les jeunes sont comme ça, dis-je. Ils n'ont pas été élevés comme nous. Ils ne pensent pas à mettre de côté.

— Les jeunes ? Mais de qui parles-tu, Jo ma chérie ? Ouvre les yeux. Il a quarante-deux ans, ton jeune. Demande aux employeurs ce qu'ils en pensent.

— Ce n'est pas sa faute si les Anglais cassent les prix. Bravo, l'Europe !

— Et voilà ! Mettons tous nos malheurs sur le compte de l'Europe, facile ! Elle a bon dos, l'Europe. Pauvre Charlotte : qu'est-ce qui lui a pris d'épouser ce Jocrisse !

Ce Jocrisse...

C'est l'angoisse qui le rend injuste. Crier est la façon de pleurer des hommes. En attendant, genou à terre, il resserre ses lacets. Ah ! ce n'est pas mon époux à moi qui s'y prendrait les pieds ! Pas homme à trébucher, Grégoire ! L'autre chaussure à présent. Belle boucle de petit garçon appliqué. Et moi, pourquoi ces détails me font-ils toujours fondre ? Ces antiquités qu'il a aux pieds par exemple, vingt fois ressemelées, mais c'est une grande marque, c'est du cuir, la meilleure qualité, alors on fait durer. J'ai un homme de qualité et de durée. Un homme à contre-époque.

Il relève un œil noir :

— As-tu l'intention de déjeuner en robe de chambre ? Sais-tu quelle heure il est ?

— Je sais, je sais. Va vite chercher ton poisson. Pour treize. Thibaut et Justino ne déjeunent pas là.

– Treize ! Il ne manquait plus que ça, maugrée-t-il alors qu'il est l'homme le moins superstitieux du monde.

Je l'accompagne à la porte et l'embrasse très fort, comme on dit au bas des lettres. Je t'embrasse pour toutes les lettres d'amour que je ne t'envoie plus, mon amour, puisque nous ne nous quittons pas. (Dommage.) Et je ne peux m'empêcher de sourire en pensant que, d'une certaine façon, ce sont aussi les chaussures que j'embrasse.

En prenant mon bain, je me suis interrogée. Pas un mot de pitié pour son gendre ! Au fond, Grégoire l'avait-il jamais aimé ? Ne s'était-il pas contenté de l'accueillir poliment pour ne pas blesser Charlotte ? Quoi d'étonnant ? Douze ans de plus que notre fille, queue de cheval, boucle d'oreille, Boris, c'était le corsaire ! Comment aurait-il pu plaire au commandant, militaire jusqu'à la moelle. Un militaire, c'est sans concession, c'est raide, intransigeant, buté. C'est loyal, courageux et réconfortant pour les épouses. Quatre murs en bonne pierre de patrie, un toit étanche, une petite flambée permanente. Et, en plus, ça trouve moyen, le militaire, de mettre chaque année quelques pièces de côté, malgré une retraite modeste.

– Babou...

Je plonge jusqu'au nez dans l'eau mousseuse. La porte de la salle de bains – que je me refuse, comme toute autre, à fermer à clé (mon père vivait barricadé) – s'ouvre précautionneusement, poussée par Adèle, huit ans, fille de notre aînée, Audrey.

– Je peux entrer ?

– Bien sûr, tu peux. Mais referme, qu'on soit tranquilles.

– 25 –

Et comment, elle referme ! Puis, la mine gourmande, tire le tabouret tout contre la baignoire.

– On vient d'arriver ! Dis donc, tu es encore dans ton bain ? Pourtant il est tard, presque midi, presque l'heure du déjeuner.

Du bras, je protège mon visage.

– Ne me gronde pas, le Pacha s'en est déjà chargé.

Elle éclate de rire, se penche sur l'eau, souffle sur les bulles irisées. Encore une chose que mon militaire a du mal à comprendre : qu'à mon âge (depuis deux ans vermeil), j'admette les petits enfants qui le souhaitent à assister à mes moussantes ablutions. D'eux-mêmes, vers l'âge de raison (« certains l'atteignent, pour d'autres c'est désespéré », soupire Grégoire en regardant sa femme), Timothée et Gauthier, frères aînés d'Adèle, ont cessé de fréquenter notre salle de bains et frappent avant d'entrer dans notre chambre.

– Les poitrines d'Anastasia sont très jolies, constate Adèle. Mais maman dit qu'il n'est pas indispensable qu'elle les montre à tout le monde, y compris à papa en prenant ses bains de soleil. Moi, je peux les montrer puisque j'en ai pas encore.

– En attendant d'en avoir de splendides, peux-tu me présenter la serviette ? La reine sort.

Elle déploie la grande serviette et aide la reine à se sécher. Vite, bermuda, chemisette, espadrilles.

– Et les autres, qu'en as-tu fait ?

– Ils sont allés là-haut dire bonjour à Charlotte. Tu sais, Babou, maman m'a dit qu'ils allaient habiter là tout le temps, les cousins. Ils ont drôlement de la chance. Moi, j'aimerais bien !

Charlotte avait mis sa sœur au courant dès le mois de juillet. Durant une bonne partie des vacances, j'avais vécu avec mes filles, partagé leurs repas, leurs soirées, leurs innombrables tartines, sans me douter qu'elles me cachaient un si lourd secret. Cela m'a serré le cœur. Ce secret, j'aurais su le garder ! Il ne faut surtout pas tout se dire en couple. C'est assommant, la transparence ! Ça donne envie d'aller chercher des surprises ailleurs. Chacun doit conserver ses zones d'ombre à explorer, sa part de mystère à percer ; on doit sentir en l'autre du « pas sûr », du « jamais acquis », bref, du désirable. Et si Charlotte l'avait souhaité, j'aurais préparé Grégoire au choc.

Il est revenu du port avec trois dorades grises rebondies qu'il a cuisinées lui-même en papillotes. Les plus jeunes ayant préféré pique-niquer, nous n'étions finalement que neuf autour de la table, qu'en signe de concorde j'avais décorée de brins de mimosa. Nous avons parlé de la rentrée des classes, d'un film à voir, du temps, bref, de tout sauf du sujet auquel tout le monde pensait et la conversation sonnait faux. J'avais oublié que le mimosa irritait les narines de Grégoire qui éternuait toutes les deux minutes : le bouquet, si l'on peut dire !

Durant le café, pris sur la terrasse, le déménagement des Karatine s'est organisé. Le loft devait être vidé mercredi. L'Espace des Réville allait être fort utile. Tandis qu'ils discutaient, Grégoire regardait d'un autre côté. Il a embauché Tim pour l'aider à vider les pommiers.

Vaisselle faite, j'ai pris avec Audrey le chemin de *La Géode*. Elle, pour aider sa sœur à défaire les cartons, moi pour saluer Victor qui, de retour de dialyse, n'était pas venu nous voir, ce qui inquiétait ses parents. Le moral n'était pas fameux, paraît-il.

Audrey a regardé les paquets qui commençaient à s'empiler devant la porte de *La Géode* : « Alors, maman, ça te fait quoi de vivre bientôt à côté de ta fille ? » m'a-t-elle demandé.

Et, dans la voix de mon aînée – la nature est décidément bien compliquée –, il m'a semblé déceler comme un soupçon d'envie.

CHAPITRE 4

Il est tourné du côté du mur, replié sur lui-même, en boule, en fœtus. Un mètre trente-neuf à la toise, vingt-sept kilos sur la balance : dix ans ? Non : treize ! Un petit garçon ? Non, un adolescent.

Ce n'est qu'après le mariage de Charlotte que j'ai pris conscience de l'état de Victor : en le voyant vivre. Misérablement !

Dieu seul sait pourquoi il est né avec des reins trop petits. Et cela n'a fait au fil des années, si l'on peut s'exprimer ainsi, que croître et embellir. Depuis l'âge de six ans, Victor ne fait plus pipi du tout. Plus une goutte. Son sang se remplit de poison. On le nettoie avec la dialyse, voilà, simple comme bonjour ! Bonjour la galère, comme ils disent.

Je me penche sur la chevelure châtain, la même que celle de Boris, moins les fils blancs, et embrasse ce que je peux. Pas de réaction. « Insiste, dirait ma mère, au risque de te faire jeter dehors, force l'amour. » Je m'assois au bord du lit :

– Alors, mon Vic, il paraît que tu viens vivre tout près de nous ?

Deux épaules se soulèvent. L'enfant-fœtus pousse un gros soupir.

– Ça t'ennuie tant que ça ?

— Marre, marre, j'en ai vraiment marre ! laisse échapper une voix enrouée.

— Eh bien, ça ne m'étonne pas. Parce qu'à ta place, moi aussi j'en aurais par-dessus la tête. Et je suis polie.

Règle d'or : face à un enfant malade, ne pas nier le problème. Ne pas en faire trop pour autant. Apitoiement banni. Difficile pour une pauvre mère-grand qui, devant un petit en détresse, a toujours ressenti le besoin physique de le prendre et l'enfermer au chaud dans son ventre.

Lentement, Victor se déplie, se tourne vers moi. Sous les lunettes cerclées de bleu marine, les yeux sont rouges.

— Marre de ce bordel à la con !

Vlan ! D'un revers de main, il envoie valser la rangée de médicaments alignés sur une étagère, près de son lit. Poudres, gélules, pilules... A prendre chaque jour, avec le moins d'eau possible puisque monsieur ne l'évacue plus. Le tableau de régime va-t-il subir le même sort ? Une chose est certaine : le jour où Victor en aura encore plus marre, marre à vouloir en finir, il n'aura pas à se creuser la tête pour trouver la façon. Il oubliera de prendre ses médicaments et s'offrira ce qu'aiment tous les enfants : quelques tranches de saucisson, une assiettée de frites bien luisantes et, pour couronner le tout, une tablette de chocolat. Avec ça, il sera quasiment sûr d'y passer. Victor tient sa vie en main : il vient de me le rappeler.

— Et, en plus, ce matin elle m'a fait mal en me piquant, la vache !

Il me montre son bras gauche où, depuis huit ans, est enfoncée la fistule, ce tuyau de plastique qui relie veine et artère et dans lequel on place les aiguilles lors des séances de dialyse. De grosses aiguilles.

Je me bouche les yeux :

– Tais-toi, j'ai horreur des piqûres. Quant au Pacha, tu lui montres une seringue, même avec une toute petite aiguille, il tombe raide !

Bref sourire dans le regard de l'enfant malade, à l'idée du grand-père, commandant de la Marine nationale, mis K.-O. par une épreuve qu'il supporte, lui, trois fois par semaine.

Je me lève :

– Voyons ! Quoi de neuf au Louvre ?

L'artiste adore que j'appelle sa chambre « le Louvre » – pardon, chers grands maîtres. Je fais le tour des dessins qui tapissent les murs. Dans le genre B.D. *hard*, il est doué ! Machines infernales dans des ciels de feu, bonshommes d'acier, rayons laser.

– Tu sais ce qu'on devrait faire un jour ? Exposer tous les deux ensemble. Comme ça, il y en aurait pour tous les goûts.

Mais ma proposition n'attire aucun sourire. Il regarde ailleurs.

– Ces salauds n'ont toujours pas donné leur accord pour l'hormone de croissance, m'apprend-il. Pourtant, on m'avait promis.

Voilà donc la cause de la chute de moral ! Car, avec le régime, c'est leur petite taille qui fait le plus souffrir les jeunes dialysés. Et ils la veulent tous, cette hormone miracle qui va les aider à rattraper les autres. Hélas ! elle n'est pour le moment utilisée que dans un cadre très limité. On étudie encore. Messieurs les chercheurs, les décideurs, les mécènes, hâtez-vous, Victor attend !

– Un de ces jours, il t'arrivera quelque chose d'encore mieux. Un rein tout neuf !

– Celui-là aussi, on peut dire qu'il ne se presse pas !

En attendant rein neuf et hormone de croissance,

nous avons l'air d'aller un peu mieux. Nous voilà assis. Je reviens près de lui, tout près. Une mère, pour un enfant, c'est une batterie. A défaut de Galina, branche-toi sur moi, petit. Recharge-toi.

— Tu sais, Babou, dit-il d'une voix enrouée — et chaque fois qu'il m'appelle ainsi, c'est un cadeau qu'il me fait à moi qui ne suis que sa « belle-grand-mère » —, avant, quand le téléphone sonnait, j'espérais toujours que c'était mon rein ! Maintenant, j'ai peur, si j'y pense trop, que ça l'empêche de venir.

Je m'efforce de rire.

— Exactement comme lorsque j'attendais que le Pacha me demande en mariage. C'est au moment où j'ai résolu de le rayer de ma vie qu'il s'est décidé. Tu te rends compte de la chance qu'on a eue, toi et moi ?

Ses grands yeux m'interrogent :

— Toi et moi ?

— Eh bien oui ! Imagine que je n'aie pas épousé le Pacha, Charlotte n'aurait pas existé, nous sommes bien d'accord ? Résultat, elle n'aurait pas rencontré ton père. Et nous, les deux artistes, nous ne nous serions jamais connus. Quelle perte pour l'humanité !

Là, c'est le vrai, le grand et beau sourire. Elle a raison, Félicie : on n'en rajoute jamais assez dans l'amour. Victor se lève, ramasse les médicaments, les remet n'importe comment sur l'étagère puis va aux *news* devant la fenêtre. Un enfant, la maladie, l'espoir. Sur la pelouse, Capucine et Adèle s'exercent à la roue, Tatiana mange de l'herbe. Plus bas, dans notre jardin à nous, juché sur l'échelle aux barreaux de laquelle s'accroche mon marin, Timothée tente d'attraper les dernières pommes. A perte de vue, le paysage se caramélise. Silence, les couleurs : encore un peu d'été s'il vous plaît !

— Finalement, je suis content de venir vivre ici,

c'est la campagne ! reconnaît Victor. Mais papa galère à cause des trajets. Il a peur que je les fasse en mob. On s'est engueulés hier. Il ne va tout de même pas me conduire au collège comme un bébé ?

– Il ne manquerait plus que ça !

Il lève vers moi son visage sensible, intelligent, aux joues encore imberbes. Parle-t-il « filles » avec ses copains ? A-t-il des désirs ?

– Babou, ce serait bien qu'un jour tu m'accompagnes en hémodialyse. Mme Legendre a envie de te connaître, tu sais, c'est mon institutrice à l'hôpital.

– Quelle bonne idée ! Moi aussi j'ai envie de la connaître. Et, par la même occasion, tu me présenteras la sale vache qui t'a saboté le bras ce matin. Ne lui dis surtout pas que je fais de la *self-defense*.

Là, il rit carrément. Et lorsqu'il prend la parole, je ne me trompe pas, c'est bien un ton protecteur qu'il emploie : mon enfant-homme.

– Ne te fais pas de souci pour la piqûre. Émotion déconseillée aux grands-parents : ils attendent dans le couloir.

– Enfin une bonne nouvelle !

Rire encore. Il enfile un chandail, tombe dans ses baskets.

– Ça ne t'ennuie pas trop si je te laisse toute seule ? Je vais aller aider Tim pour les pommes. Tu crois que le Pacha me laissera monter sur l'échelle ?

– Bien sûr ! Tu n'es pas en sucre. Allez, file, ils t'attendent.

Il disparaît, dégringole quatre à quatre l'escalier, court dans le jardin en poussant des cris d'Indien. Je ramasse un flacon oublié. Je tombe sur le lit, vidée.

Faute de mieux, les grand-mères aussi peuvent servir de batterie aux enfants.

CHAPITRE 5

Puis dimanche. Trois heures de l'après-midi. Capucine et Adèle sont parties avec leur grand-père se faire peur avec serpents et mygales dans un cirque itinérant. Au creux du canapé, je sirote une tasse de café supplémentaire – la meilleure –, un œil sur Tatiana confiée à moi par les déménageurs et qui, dans son « youpala », joue aux autotamponneuses avec nos chers vieux meubles ; l'autre œil sur un passionnant polar anglais où l'on s'abreuve de thé et savoure des gigots à la menthe entre deux découvertes macabres.

Par la porte-fenêtre ouverte – beau, beau, il fait beau –, Anastasia se glisse dans la pièce. Lisse, dorée, toutes rondeurs dévoilées par le short ultra-court et le T-shirt échancré, elle est appétissante à souhait.

– Babou, j'aimerais apprendre à faire des pâtes de pommes puisqu'on en a plein. Et même, Pacha l'a dit, à ne savoir qu'en faire.

C'est exact ! La récolte a été excellente cette année.

– Et quand veux-tu t'y mettre, ma chérie ?

– C'est possible maintenant ?

Ses yeux supplient. Mon Dieu, j'étais si bien. Adieu, cadavres exquis !

– Allons-y !

Nous passons à la cuisine, suivies par le microbe

sur son engin de destruction. Tandis qu'Anastasia s'enveloppe dans l'un de mes tabliers, je sors le matériel. Soupe au pistou et pâtes de pommes sont mes deux spécialités. Parmi les recettes les plus longues à exécuter. Pour la soupe, il faut compter la matinée. Si vous incluez le temps de séchage, quatre jours sont nécessaires à la confection des friandises.

L'épluchage commence sous l'œil passionné de Tatianouchka qui demande bruyamment à s'y mettre elle aussi. Anastasia se tortille sur son siège, me lance de brefs coups d'œil, brûle visiblement de parler. Laissons venir.

— Puisqu'on va habiter tout près maintenant, est-ce que je pourrai descendre m'exercer ici ? Après, je rangerai tout, promis. Tu comprends, à *La Géode*, on n'a pas de marbre.

Le marbre est indispensable au séchage et à la découpe des pâtes de pommes.

— Et puis il y a Victor, ajoute-t-elle, et le sucre et lui...

Ai-je bien perçu de l'agressivité dans sa voix ? Pas facile d'avoir un frère handicapé. On peut tout à la fois compatir et s'irriter. Aimer et avoir envie d'étrangler. Cela m'arrive bien avec Grégoire.

— Tu peux venir tant que tu voudras. (Et j'ajoute, sautant sur la perche tendue :) Cela te fait quoi d'habiter là-haut ?

— Changer de baraque, ça passe, c'est d'avoir changé de bahut qui me fout les boules.

— Mais je ne savais pas !

Les trois Karatine ont toujours hanté la même boîte privée haut de gamme à Caen.

— Dimitri aussi a changé, poursuit Anastasia. Je croyais que Charlotte te l'avait dit. Avec ce qui arrive à papa, Sainte-Lucie, c'était trop cher. Il n'y a que Victor qui reste. Il a du pot quand même !

Victor prioritaire... Victor privilégié. Mais il s'est bien intégré à sa classe malgré ses absences. Sa « Mme Legendre », institutrice à l'hôpital, a de bonnes relations avec Sainte-Lucie. Changer Victor d'école risquerait d'être une catastrophe pour son travail. Je regarde le front baissé d'Anastasia : comment empêcher que cela soit ressenti par les autres comme une injustice ?

– C'est à cause des amies que ça t'ennuie ?

Grand oui de la tête. Quinze ans, l'âge des découvertes enflammées, du doute qui ressemble à la peur. Celui où les amies sont si importantes pour déverser le trop-plein.

– Les vraies, tu les garderas, prédis-je. Et, en plus, tu vas t'en faire de nouvelles, qu'est-ce qu'on parie ?

– Je ne sais pas... soupire-t-elle.

Elle détourne son regard, se concentre sur son travail. Et moi, pour la première fois, j'en veux à Boris. Un lustre de Venise en moins là-haut et Anastasia gagnait une année à Sainte-Lucie.

L'épluchage terminé, les pommes coupées en quatre sont placées dans une mousseline où elles cuiront sans se défaire. Un coin de tablier passe sous les yeux d'Anastasia lorsqu'elle croit que je ne la regarde pas. Courageuse, la petite ! Pas du genre à s'attendrir longtemps sur elle-même. On peut critiquer son père, on ne peut lui retirer ça : il a réussi ses enfants. L'« irresponsable » a fait des enfants responsables ! Et, sans lui, que seraient-ils devenus lorsque Galina est partie ?

Une fois égouttés, les fruits sont passés au tamis. Je laisse Anastasia officier. On n'apprend rien en regardant l'autre. On n'apprend qu'en mettant la main à la pâte, quitte à se couper, se brûler. C'est comme pour le malheur, c'est comme pour le chômage.

Vue de dos, dans ce long tablier qui s'ouvre sur un short mini, l'effet sexy est garanti. De face, c'est le haut qui pigeonne. Qu'a remarqué Adèle tandis que je prenais mon bain, hier ? « Les poitrines d'Anastasia sont très jolies, mais maman dit que ce n'est pas la peine qu'elle les montre à papa. » Jalouse, Audrey ? Il est vrai que ses « poitrines » à elle ont dû souffrir de trois grossesses. Mais aujourd'hui, toutes les filles montrent leurs seins à qui veut ; même sur les sages plages de Normandie, sitôt que le soleil pointe, c'est le grand déballage. On ne remarque même plus.

En attendant, penchée sur la cuisinière, Anastasia a les gestes appliqués d'une petite fille qui joue à la dînette. Ce que les petites filles préfèrent, c'est touiller, voir naître du nouveau au bout de la cuillère en bois, une façon de créer. Comme moi avec mes couleurs sur ma palette, finalement.

– C'est Fée qui t'a appris à faire les pâtes de pommes ?

– C'est Fée. J'en offrais à ma maîtresse ; ce que j'étais fière...

Fée, Félicie, ma mère. Anastasia avait huit ans, l'âge de Capucine et Adèle, lorsque la sienne a abandonné sa famille. Comment imaginer mes deux pestes privées de ces « Maman » qu'elles hurlent du fond de leurs tripes à longueur de journée ? Anastasia ne parle jamais de Galina.

Et voilà la pâte ! Rousse, pétillante.

– Je crois que c'est bon, dit-elle.

Nous faisons goûter à Tatiana qui, jusque-là, se contentait des épluchures de pommes. Le test est positif. Il ne reste plus qu'à verser cette pâte sur le marbre huilé, la recouvrir de sucre glace, prendre patience.

La récompense viendra dans trois jours lorsque la pâtissière la découpera en petits carrés qu'elle alignera sur du papier blanc bordé de dentelle. Opération finale où les grand-mères elles-mêmes retrouvent leurs dix ans pour jouer à la marchande.

CHAPITRE 6

Il y a des enfants qu'une maladie grave, parfois chronique, une déficience de leur corps, empêchent de grandir comme les autres ; leur vie est une succession de souffrance, de frustration et de révolte. De cette maladie ou de ce désespoir, il arrive qu'ils meurent.

Il y a des enfants dont le corps croît normalement, c'est leur esprit qui reste à la traîne ou grandit de travers. Ces enfants-là, pourtant, ne sont ni stupides ni anormaux, leur maladie s'appelle « papa-maman » qui ne s'occupent d'eux que pour jeter quelque chose dans leur gamelle ou sur leur dos et maintenant zou ! débarrasse le plancher que je ne te voie plus. Personne à la maison, au nid, au foyer, pour former leur conscience en leur apprenant qu'existent bien et mal, beau et laid, permis et interdit, leur montrer que l'on vit plutôt plus agréablement en se pliant à certaines règles qu'en les refusant toutes et s'isolant.

Ces petits-là se retrouvent à l'école comme en terre étrangère. Apprendre à lire, écrire, compter ? A peine parviennent-ils à parler ! A sept ans, ils ne savent pas donner leur âge, reconnaître une couleur, et, sans le soutien de papa-maman qui ne regardent jamais leur carnet, les enseignants ne peuvent pas grand-chose pour eux. Leur seul professeur, leur maître à penser, va devenir la télévision qui leur répète que pour être vus, regardés et, qui sait, aimés, il faut posséder. Posséder pour exister. Ne recevant rien, ils prennent. Leur seule loi : ne pas se faire attraper. L'adulte est devenu l'ennemi, ils sont fichus.

Sans repères, sans tuteurs et déjà sans espoir, passé dix ans, oui, ils sont fichus ces enfants. Devenus en quelque sorte des infirmes du comportement. Et de cette maladie-là, de ce désespoir-là, bien souvent, eux aussi meurent.

C'est pour donner leur chance à ceux pour qui il est encore temps : aux petits, que Thibaut, bousculant ciel, terre et toutes les bonnes volontés, a ouvert son association. A ceux qui frappent à la porte de L'Étoile (sa femme, son grand amour, s'appelait Estrella), il offre à sa façon des hormones de croissance. Il les aide à grandir.

Il m'a appelée mercredi soir : « Maman, j'ai besoin de toi, peux-tu passer demain ? C'est plutôt urgent. »

Je connais les « plutôt » de mon fils ; jeudi, à trois heures, j'étais là.

Comme chez les Karatine, le vaste local que lui prêtait la municipalité se divisait en plusieurs espaces dont le plus important était, assurait-il, celui du goûter où je suis allée poser quelques pommes triées sur le volet à côté des boîtes de gâteaux, bouteilles de jus de fruits et Thermos de chocolat chaud. Plus loin, se trouvait l'espace « travail » avec tables, chaises et bibliothèque, le reste était dédié au jeu.

Juché sur un escabeau, Thibaut fixait au mur une belle image de montagne : les derniers jeux Olympiques.

— J'ai promis à mes bandits qu'un jour ils seraient tous des champions, m'a-t-il déclaré en riant.

Sa barbe a chatouillé ma joue. Je ne supporte pas les hommes à barbe ! Excepté un : mon fils. Nous nous sommes installés sur un vieux canapé, produit de récupération comme tous les meubles de l'endroit.

— Deux mots d'abord de ma petite sœur, a-t-il demandé. Le déménagement est terminé ?

— A peu près.

Je lui ai raconté notre week-end, la colère de Grégoire, nos inquiétudes. Il a balayé tout ça d'un geste de la main.

— Moi, je préfère les gens qui jettent l'argent par les fenêtres à ceux qui le laissent dormir au fond d'un compte en banque. Au moins, ceux qui le dépensent font travailler les autres. Vous êtes-vous jamais demandé, papa et toi, à combien de personnes *La Géode* avait permis de bouffer et payer leur loyer ?

— En attendant, ce sont les Karatine qui ne peuvent plus payer le leur !

Il a haussé les épaules.

— Ils ont un toit à eux et le réfrigérateur de *La Maison*... Dis à mon cher beau-frère que s'il s'ennuie, il peut toujours venir ici. J'ai de quoi le distraire.

Je n'ai pu m'empêcher de rire. Thibaut le Vampire... Déjà, il employait son père comme trésorier, et mon amie Diane en tant que secrétaire, tous deux bénévoles naturellement. Il aurait volontiers mis la terre entière à contribution. Sauf sa mère : « Toi, tu as mieux à faire avec ta peinture », m'avait-il déclaré le jour où je m'étais proposée.

Il m'a tendu un bout de papier rouge cartonné.

— Qu'est-ce que tu en penses ?

C'était ce qu'on appelle, je suppose, un tract. Quelques mots seulement : *Les bronzés, les foulards, dehors ! La France aux Français.* C'était tout.

– J'ai trouvé ça hier dans la boîte à lettres. Ni enveloppe ni signature. A ton avis, c'est sérieux ?

– C'est surtout stupide. Et lâche !

C'était ce qui me frappait : la bêtise d'un tel envoi. Des enfants sont entrés, cartables au dos, sept-huit ans, des « bronzés ». Une menace adressée à eux ? Thibaut a retrouvé son sourire pour les accueillir : « Tiens, voilà mes copains ! » Ils sont venus exhiber fièrement leur badge. Il m'a désignée : « Je vous présente ma maman. » Une maman, ça embrasse et je me suis exécutée. Le salaud avait réussi son coup : j'avais le cœur serré. Les enfants ont posé leur cartable contre le mur.

– Ne me dites pas que vous êtes venus travailler pendant que les copains vont rigoler dehors ? a plaisanté Thibaut.

Ils ont fait un grand « Si », un grand « Oui » heureux de la tête. Il y a un âge où tous les enfants ont envie de bien faire, les bronzés, les foulards aussi.

– Alors vous êtes des braves ! a approuvé mon fils. Et vous avez intérêt à prendre des forces, parce que ça va y aller !

Ils n'attendaient que le signal pour se précipiter vers le buffet.

– C'est le chocolat qu'ils préfèrent, m'a raconté Thibaut. Tu comprends, quelqu'un l'a mis dans une casserole et l'a fait chauffer pour eux ! Ce n'est pas un truc acheté en vitesse au supermarché et qu'on leur lance comme un os à un chien.

Il leur a crié : « Laissez-en pour les copains ! » Et nous sommes revenus au tract. Il l'avait instinctivement retourné lorsque les petits étaient entrés.

– Un bon tiers de mes bandits sont des immigrés, a remarqué Thibaut. Cela doit énerver quelqu'un !

– Qui n'habite peut-être pas loin ! Qu'est-ce que tu vas faire ?

– Que veux-tu que je fasse ? Jeter cette saleté aux chiottes.

– Non !

Je lui ai pris le papier et l'ai mis dans ma poche. Je ne savais pas très bien pourquoi je faisais ça. On ne sait jamais.

– Tu en as parlé à quelqu'un ?

– A Yocoto, bien sûr. Et à toi.

– Laisse Justino en dehors de ça, s'il te plaît. Cela pourrait l'inquiéter. N'oublie pas qu'en un sens, lui aussi est un « bronzé ».

Thibaut a eu un rire crispé. Cette fois, c'est une petite fille accompagnée de sa mère, qui est entrée. La mère portait le foulard, pas l'enfant. De loin, elle a montré le badge puis elle s'est assise dans un coin tandis que la gamine courait rejoindre les autres au buffet.

– Justement, je voulais te parler de Justino, a dit Thibaut. Je le trouve nerveux depuis quelque temps et ses notes chutent en classe. Tu n'as rien remarqué ?

– Peut-être se trouve-t-il un peu seul...

Lorsque Justino rentrait de l'école, il n'y avait personne à la maison. Son père était ici, Yocoto, l'amie vietnamienne de Thibaut, assistante sociale, rentrait tard elle aussi.

– Jusque-là, ça ne semblait pas le gêner, a remarqué Thibaut. Et la porte de L'Étoile lui est ouverte.

– On essaiera de le prendre plus.

Il a eu l'air soulagé. Il a regardé sa montre.

– Reste un peu pour le voir ; il doit passer. (Il a ri.) Je crois qu'il est plutôt fier d'être le fils du « patron ». Tu sais ce qu'il a décidé de faire plus tard ?

– Comme l'abbé Pierre...

– Pas du tout. Mon fils sera milliardaire ! Pour offrir à tous une maison comme la tienne. *La Maison*, c'est la référence pour lui.

A présent, la porte de L'Etoile ne cessait de s'ouvrir : des enfants, et aussi les bénévoles qui allaient les aider à accomplir leur travail de classe, le plus souvent à apprivoiser le français... Parmi ceux-ci, un amusant mélange : certains très jeunes, des collégiens ; et aussi des étudiants, des adultes, de ceux que l'on appelle le « troisième âge ». Tous passaient saluer Thibaut avant de s'installer à leur table. J'avais oublié le tract. Après tout, je le détruirais peut-être.

– Ceux-là aussi existent ! ai-je dit en les montrant.

– Ceux-là aussi... Et, chaque jour, je me demande : Reviendront-ils demain ? m'a avoué Thibaut. Tout le monde m'a mis en garde : les bénévoles, il faut s'en méfier. Ils s'emballent puis laissent tomber. Mais non ! J'en ai plus qu'il ne m'en faut. Au fond, les gens ont de grandes réserves de générosité. Il suffit qu'on y fasse appel.

J'ai failli dire : « Que TOI, tu y fasses appel. » Nul ne résistait à la flamme de Thibaut.

Il m'a laissée et, en attendant M. Milliardaire, j'ai observé. La femme au foulard de tout à l'heure était assise sur une chaise contre le mur. Elle ne quittait pas des yeux sa fillette, penchée sur un cahier à côté d'un vieux monsieur à Légion d'honneur. Le crâne rasé d'un garçon au blouson couvert de ferraille était collé à la tignasse d'un petit Noir. Une femme dans la cinquantaine faisait répéter deux enfants, apparemment plus désireux de passer sous la table que de rester assis devant. Autant de gamins qui ne traînaient pas dans les rues, ne s'organisaient pas en bandes, n'avaient pas le nez collé à un poste de télévision.

Quel crétin pouvait-il en vouloir à L'Étoile ? Il en aurait fallu partout, des Étoiles !

Thibaut allait de l'un à l'autre. Une fois le travail terminé, on passerait au jeu. Peut-être mon fils prendrait-il sa guitare. Certains enfants ne voulaient plus rentrer chez eux, m'avait-il raconté. A sept heures, il était obligé de les mettre à la porte. Sans doute était-ce qu'ici ils comptaient. Ici, on les regardait. C'est tout ce que demande un enfant pour grandir : être vu.

— Babou, tu es venue ?

Les yeux sombres de Justino brillaient de joie. Il a tendu vers moi ce visage si particulier, fier, aux pommettes hautes, qu'il tenait d'un grand-père indien. Dix ans ! Il avait beaucoup grandi depuis son arrivée en France, mais il resterait toujours pour moi le petit garçon en velours bleu roi qui, un soir, avait frappé à la porte de *La Maison* : « Est-ce que tu es Babou ? » Et fait basculer notre vie.

Nous nous sommes embrassés.

— Le Pacha s'ennuie de toi, ai-je dit. Il faudra que tu viennes plus souvent. Et vendredi soir, il compte dur comme fer passer te chercher à l'école, tu veux bien ?

Il a eu un sourire.

— Je compte dur comme fer vouloir.

Puis une idée a semblé traverser son esprit et il a eu un bref soupir.

— Quelque chose qui cloche ? ai-je demandé.

Il a fait « non » de la tête. Son regard est revenu vers moi, son sourire.

— Tu sais, Babou, j'ai trouvé un mot pour le Pacha, un beau, avec un W. En plus, j'apprends à le nager : c'est le crawl.

— Il va être rudement content.

Thibaut a fondé L'Étoile, Grégoire une association de Scrabble ! Justino fait collection de mots qui lui semblent intéressants pour son grand-père. Le pauvre Grégoire a dû cacher ses nombreux dictionnaires tout en haut de la bibliothèque afin que son petit-fils ne soit pas déçu en découvrant que d'autres que lui se sont déjà chargés de classer ses trouvailles. Cet enfant nous complique singulièrement la vie.

Avant de regagner ma voiture, je me suis promenée un moment dans les rues de ce quartier dit « sensible » où, sans mon fils, je n'aurais jamais mis les pieds. Il était cinq heures de l'après-midi, déjà le ciel s'obscurcissait, de la musique s'échappait d'une fenêtre ; à d'autres, du linge séchait. Derrière l'une d'elles se cachait peut-être celui qui avait glissé sa menace dans la boîte. Il regardait chaque jour les bronzés, les foulards, entrer à L'Étoile et la haine l'emplissait contre eux et contre celui qui avait ouvert ce foyer.

Soudain, j'ai éprouvé un sentiment d'urgence.

CHAPITRE 7

Un jour, je devais avoir une dizaine d'années, maman m'avait emmenée en visite dans un château de la région où vivait l'une de ses amies. Tandis qu'elles bavardaient au salon, je m'étais glissée dans la pièce voisine, la salle à manger, je crois. Le soleil était abondant cet été-là, aussi avait-on baissé les stores. Dans une sorte de niche à étagères, j'avais aperçu divers objets, tous magiques à mes yeux d'enfant : une plume bleu vif dans un encrier, un petit cheval de bois, un canard à l'aile bien verte et, sur une assiette, au premier plan, une grappe de raisin doré. Si j'en goûtais un grain, qui s'en apercevrait ? Je m'étais approchée, mais, tendant la main, celle-ci s'était heurtée à une surface dure. La niche était un tableau ; le raisin, la plume, le cheval, le canard n'étaient pas « en vrai » mais peints. Punie, troublée, j'avais couru reprendre ma place auprès de ma mère. « Mais pourquoi me serres-tu comme ça ? avait-elle demandé en riant. Je suis là, tu sais, tu ne m'as pas perdue. »

Cette sorte de tableau, je l'appris plus tard, s'appelait un trompe-l'œil.

Depuis deux ans, je suis des cours de trompe-l'œil aux ateliers du Carrousel, près du Louvre. Peindre a toujours fait partie de ma vie sans que nul ne m'ait jamais enseigné la technique. Il était temps ! Chaque semaine, je me rends à Paris pour, tout simplement, du bout de mon pinceau, tenter de saisir la beauté. D'une certaine façon, je m'offre le grain de raisin.

Aujourd'hui, contrairement à l'habitude, je n'ai pas pris le train, mes Grâces, Marie-Rose et Diane, m'ayant fait escorte en voiture. Cela leur arrive. L'occasion pour elles de profiter d'une journée dans la capitale pendant que je travaille. En clôture, nous nous offrons une fête : cinéma et restaurant. Comment dire notre amitié ? Nous nous sommes connues à quinze ans, nous voici toutes trois « vermeilles », ça tient, c'est du béton.

Pour ce premier cours de l'année scolaire, une vingtaine d'élèves sont rassemblés autour de Bruno, notre jeune professeur, dans l'atelier qui donne sur les jardins des Tuileries. Ages variés, tout le monde en blouse ou tablier. Cela va du tablier bleu de la cuisinière (moi) à la blouse à fleurettes de la ménagère, en passant par celle, blanche, du médecin.

— Cette année, nous avertit Bruno, nous allons aborder le thème du verre cassé.

Cris d'effroi, protestations ! En serons-nous capables ? Le verre cassé est un travail de virtuose. Il accentue encore la mystification. Tendant la main pour prendre le grain de raisin, j'aurais eu peur de me couper. J'aurais cherché des éclats sur le sol. Et si l'on m'avait accusée de l'avoir brisé ?

Un grand sourire aux lèvres, Bruno nous présente le modèle qui, durant des semaines, va remplir une partie de notre vie. Nous en rêverons. Nous en baverons. C'est l'œuvre d'un artiste flamand du XVIe siècle. Dans un meuble mural à étagères, deux verres ouvragés, des noix, des amandes, un plat d'étain.

Mais le plus beau, le plus trompeur, c'est la mouche : un superbe insecte noir qui bourdonne au bord d'une étagère. On a envie de la chasser de la main, elle va s'envoler. La porte vitrée qui ferme le meuble est fêlée.

– Nous avons appris que le trompe-l'œil pouvait représenter un rêve impossible, nous rappelle Bruno. Le verre cassé, c'est le rêve brisé.

Chacun prend place devant son chevalet, y dispose la toile vierge, sort son matériel de sa mallette. C'est celle dont je me servais jeune fille. Impossible de m'en détacher, je peux bien me moquer des chaussures de Grégoire ! Et, puisque aucun de mes enfants n'a hérité de mon talent, je veux cette mallette dans mon cercueil. C'est noté sur mon testament.

Nous avons tous reçu copie du modèle à reproduire. Aujourd'hui, il s'agit de nous imprégner de l'esprit de l'œuvre, la pénétrer, s'en pénétrer, tout en enduisant notre toile. L'enduit est primordial, il est la tonalité secrète d'un tableau, son atmosphère.

De bonnes odeurs empoisonnées montent : solvant, huile, white spirit, peinture. Lorsque mon voisin, un homme dans la cinquantaine, sérieux et appliqué, sort un centimètre de sa blouse grise, Bruno proteste :

– Voyons, monsieur Minguet, c'est dans l'œil que vous devez avoir le compas...

Que vient-il chercher ici, M. Minguet que j'imagine vendant du tissu et des bobines de fil derrière un comptoir ? Que vient-elle chercher, cette jeune fille en jean soigneusement troué ? Et cette dame à collier de perles ? Et moi ?

« Peindre, c'est écrire, et écrire c'est peindre, nous rappelle volontiers Bruno. Chacun a sa voix qu'il doit apprendre à exprimer. »

Voilà, c'est tout simple : nous sommes là en quête des couleurs de notre âme.

Et, tandis que ma brosse court – noir, ocre-jaune –, mon esprit vagabonde. Cette *Géode* ne serait-elle pas une sorte de trompe-l'œil ? « Tape-à-l'œil », rectifierait Grégoire. Derrière l'éclat, le luxe, se tapissent aujourd'hui l'angoisse, la souffrance, les calculs sordides. Le cœur s'y heurte.

– Alors, Josépha, demande la voix de Bruno derrière mon épaule. Vous ne m'avez pas raconté comment s'est passé cet été ?

Ai-je un sourire en trompe-l'œil lorsque j'affirme :

– Sans problèmes !

Marie-Rose la brocanteuse était allée saluer des amis antiquaires du côté de la rue Jacob. Diane s'était fait faire un soin complet du visage dans une célèbre parfumerie. Toutes deux m'attendaient près de la Pyramide du Louvre. Nous avions décidé que notre soirée serait consacrée à la distraction pure : une comédie musicale dans un cinéma du Quartier latin, suivie d'un dîner grec près de Montparnasse. D'un commun accord, nous n'avons parlé que de fariboles.

Durant le voyage aller, je leur avais fait part des ennuis de Boris, du ras-le-bol de Victor. Tandis qu'enveloppées de musique et de bonne odeur de cuir, nous revenons vers Caen dans la confortable Mercedes empruntée par Diane à son mari, je raconte le tract reçu par Thibaut.

– Ce qui est bien avec Jo, c'est que le spectacle est permanent, remarque Marie-Rose qui cuve son Brouilly écroulée sur la banquette arrière.

– Un spectacle dont je me passerais bien, figure-toi ! Suffit avec la violence ! Surtout lorsqu'elle s'adresse aux enfants. Et plus je vieillis, moins je supporte. Si vous voulez savoir, je suis d'une lâcheté effroyable : à la télévision, je ferme les yeux pour ne pas voir. Le fait d'être grand-mère sans doute.

– Rassure-toi, tu n'es pas la seule ! déclare Diane avec conviction. Moi, c'est pareil.

Mon sourire ne lui échappe pas. Elle me fusille du regard : « Je sais ce que tu penses... »

Les petits-enfants de Diane dont le mari, à présent retraité, était diplomate, sont éparpillés un peu partout. Ayant choisi de finir leurs jours à l'abri d'une résidence, ils ne peuvent recevoir leur descendance durant les vacances. Être grand-mère, pour Diane, se résume à sortir son carnet de chèques à l'occasion des fêtes.

– Et à ton avis, demande-t-elle avec brusquerie, pourquoi est-ce que je me tape toute la paperasserie assommante de ton Thibaut ?

– Parce que tu es généreuse. Je ne t'ai jamais entendue refuser de rendre un service.

– Tu n'y es pas du tout...

– Alors pourquoi ?

– Eh bien, parce que ces gamins, bronzés ou pas, ils m'aiment ! Et on n'a pas intérêt à y toucher !

Ricanements féroces à l'arrière. Je m'étonnais de voir Diane si assidue à L'Étoile. En voilà donc la raison : elle veut apprivoiser les « bandits » de Thibaut ! Et, à y réfléchir, elle y met le paquet. Alors qu'une tenue simple est de rigueur à l'association, c'est dans son meilleur qu'elle s'y présente : talons hauts, fourrure, bijoux. Les gamins en ont le souffle coupé. Au début, ils n'osaient pas l'approcher, maintenant ils se précipitent, flairent, caressent, n'en reviennent pas : c'est vraiment pour eux qu'elle est là, cette fée ? Et lorsque Diane apporte des gâteaux, ils sont de la plus fameuse pâtisserie. Et les jouets qu'elle offre sont toujours neufs. A sa façon, et les « bandits » de Thibaut doivent le sentir, Diane les honore !

— Pourquoi ne m'a-t-il pas parlé de cette histoire, ton fils ? râle-t-elle. Je veux bien me décarcasser sans toucher un radis pour son resto de l'esprit, mais au moins j'ai le droit de savoir ce qui s'y passe ! Et qu'a-t-il l'intention de faire ?

— Rien ! Que veux-tu qu'il fasse ?

— Mais je ne sais pas, moi ! Avertir la police. Imagine que quelqu'un en veuille réellement aux gamins.

— Heureusement que tu seras là pour les défendre ! intervient Marie-Rose.

A cent soixante à l'heure, Diane se retourne pour foudroyer son interlocutrice. Je freine des quatre fers.

— Parce que tu t'en fous, toi ?

— Je ne m'en fous pas, je suis blasée. Si tu crois que je n'y ai pas droit aux petites phrases, aux regards noirs quand je me balade avec mon César ? répond Marie-Rose. Il n'y a qu'une réponse, les filles : le mépris !

César, son filleul martiniquais, quatorze ans, plus grand qu'elle. Un jour, une âme charitable lui a murmuré qu'elle « les prenait jeunes »...

— Quoi qu'il en soit, conclut Diane, radoucie. Si vous décidez de faire quelque chose, cette fois, ayez la gentillesse de me mettre dans le coup. Ça ne me déplairait pas de rencontrer le Caïman.

Une bouffée de délicieux souvenirs me remonte en mémoire. Le Caïman, grand chef du commissariat central de Caen, qui, il y a deux ans, nous avait sauvées, Marie-Rose et moi du cabanon. Un homme épatant ! Diane ne s'est toujours pas remise de n'avoir pas été de l'aventure.

— Quant à toi, grand-mère, ne recommence pas à

te laisser bouffer, me conseille élégamment Marie-Rose avant de retomber sur sa banquette.

J'ai rêvé de fleurs vives,
De celles qui fleurissent en mai,
J'ai rêvé de vertes prairies
Et du chant joyeux des oiseaux...

La musique de Schubert me berce : *Le Voyage d'hiver.* Tais-toi, Diane. Rendors-toi, Marie-Rose. Mes amies, laissez-moi penser. Ce n'est pas mon temps que dévorent ceux que j'aime, c'est mon cœur. Nul ne peut l'empêcher de battre au même rythme que celui de Thibaut en lisant quelques mots de haine sur du papier couleur de sang. J'attends, comme j'attends ce rein neuf qui donnera peut-être à Victor un avenir. Qu'y puis-je si chaque matin, à trois heures, je me réveille et broie du noir en pensant aux Karatine ? Que se passera-t-il si Boris ne retrouve pas de travail et que ses créanciers l'acculent à rembourser ses dettes ? Devra-t-il vendre *La Géode* ? Des étrangers à quelques pas de chez nous, impossible, impensable, *Maison*, je te perdrais...

– Et voilà, les biques, déjà l'étable ! soupire Diane en s'engageant à cent à l'heure seulement dans mon chemin creux semé de nids-de-poule. On est quand même bien toutes les trois ! Vous savez ce que je pensais ? Pourquoi on s'installerait pas ensemble... Quand nos hommes ne seront plus de ce monde, bien sûr, et qu'on ne pourra plus espérer en attraper d'autres. Qu'est-ce que vous en dites ?

On en dit qu'on rit à se nouer les tripes : rires idiots de mamies retombant dans l'âge ingrat, brouet où se mêlent l'allégresse, l'amitié, la nostalgie. Rires aux larmes face à une vie que, finalement, on n'a pas vue passer, dont on n'a pu saisir, comme sur les manèges d'autrefois, que quelques anneaux qui ne donnent même pas droit à des tours gratuits.

En attendant, j'en hoquette encore en rentrant dans la chambre où l'homme de cette vie qui, même à l'heure des brouilles définitives, n'a jamais été capable de s'endormir sans me sentir à ses côtés, m'attend en faisant semblant de lire entre deux bâillements de crocodile.

— Qu'aviez-vous à glousser comme ça ? On vous entendait d'ici : un vrai poulailler.

— Nous faisions des projets d'avenir. Figure-toi que Marie-Rose nous a demandées en mariage, Diane et moi.

Et devant la tête de cet homme, c'est reparti !

CHAPITRE 8

Soudain Grégoire s'arrête, s'empare de mon bras, me tire à l'écart : « Regarde... là... »

Là, dans notre bonne ville de Caen, sur l'un des trottoirs où se tient le marché, entre fleuriste et marchand de primeurs, Anastasia ! Et, devant Anastasia, sur deux cartons superposés recouverts d'un exquis napperon brodé (trousseau de Félicie !) une pile impressionnante de petits sacs transparents renfermant... des pâtes de pommes, évidemment ! Car c'est bien simple, depuis dimanche dernier, pas une soirée où Anastasia ne soit venue s'exercer à *La Maison* dont tous les marbres, y compris celui de la cheminée de notre chambre, ont été utilisés. Si les Karatine habitent une bulle, nous, à l'odeur, nous nous endormons dans une pomme. Et hier, ô joie, tout avait disparu.

Et pour cause !

La vendeuse s'est faite belle. Jupe fleurie, pull de coton blanc, ruban dans les cheveux qui rappelle celui qui ferme les sacs. Un peu raide, un sourire timide aux lèvres, elle regarde circuler les gens. Cachés derrière la toile bleue d'un charcutier, Grégoire et moi les prions silencieusement de s'arrêter, mais ils passent, indifférents, tout comme nous, il y a un instant, nous sommes passés devant ce jeune garçon qui proposait son miel. C'est qu'il ne faut pas croire ! Les gens ont LEUR pâtissier, LEUR crémier, LEURS marques connues, garanties, labellisées. Les temps sont durs, pas question d'ouvrir son porte-monnaie à l'aventure, les artisans peuvent bien crever...

– C'est drôle, mais dès que les choses ne vont pas comme tu veux, tu deviens grossière, remarque Grégoire, fervent défenseur de la langue française. Allez, viens, on ne va pas rester cent sept ans plantés là !

Nous faisons nos courses n'importe où. Seule condition : que la petite ne puisse pas nous voir. Les sourcils de Grégoire sont froncés. Il a un faible pour la fille de Boris. Comme tout le monde, il est sensible aux charmes qu'elle déploie sans compter.

– Crois-tu qu'elle viendra quand même déjeuner tout à l'heure ? demande-t-il.

– Mais j'espère bien !

– Et qu'est-ce qu'elle aime ? s'enquiert-il d'une voix bourrue.

– Les fraises à la Chantilly. En bombe.

Mon homme lève les yeux au ciel. Les trois régals des enfants : bombe de Chantilly, ketchup et mayonnaise en tube sont, pour ce gourmet, trois insultes à la culture française. Mais contre ces péchés-là, il a vite compris que le combat était perdu d'avance.

– En tout cas, ce n'est pas comme ça qu'elle remontera les finances de sa famille, grommelle-t-il tandis que nous achevons nos emplettes.

– Elle a peut-être tout simplement besoin d'argent de poche et ne veut pas en réclamer à ses parents en ce moment.

« Combien ça coûte, à peu près, les pâtes de pommes ? » avait-elle demandé l'autre jour. J'avais répondu : « Celles qui sont faites maison n'ont pas de prix. » Son visage s'était éclairé : « Est-ce que je pourrai en prendre quelques-unes ? – Mais toutes, prends-les toutes ! »

Pauvre innocente, je croyais qu'elle voulait les offrir.

Après avoir déposé nos achats dans le coffre de la voiture, d'un commun accord, nous retournons voir où en est le commerce. Mais à la place d'Anastasia, il n'y a plus que les cartons vides. Perrette a remballé. Et Grégoire n'ose rien dire lorsque je prends trois pots de miel au jeune artisan qui me fait d'immenses sourires, m'avertit que c'est peut-être un peu plus cher qu'au supermarché, mais que ses abeilles, il les a vues travailler : son miel caresse l'âme.

CHAPITRE 9

Boris nous a fait part de son projet après les fraises à la Chantilly (en bombe). Comme chaque samedi, tout le monde avait déjeuné à *La Maison*, y compris Thibaut. Les enfants, moins Dimitri et Anastasia, avaient été priés par les parents d'aller jouer dans le jardin ou à *La Géode* et nous pouvions voir parfois des visages hilares ou grimaçants venir se coller aux carreaux des fenêtres.

Après avoir frappé à toutes les portes, notre gendre avait conclu que, du moins dans l'immédiat, il n'avait aucune chance de retrouver du travail en tant que réalisateur de films publicitaires. Au mieux, ici ou là, un contrat qui ne lui permettrait pas de nourrir sa famille. Il devait donc se tourner vers autre chose. C'est de cela qu'il allait nous parler, une idée qui lui avait poussé au mois d'août et qu'il avait étudiée, développée et commencée à chiffrer avec l'aide de Jean-Philippe.

Il parlait avec fièvre, le visage éclairé, et je pensais à son mimosa quatre saisons. Ces fleurs dont il se disait plein, il s'apprêtait à nous les montrer. A nouveau, il existait.

— Je songe à ouvrir un restaurant russe, a-t-il annoncé.

Grégoire, assis à mes côtés sur le canapé, a sursauté. Charlotte lui a lancé un regard suppliant, elle a mis un doigt sur ses lèvres et Boris a continué.

Le plus important, le chef, il l'avait ! Ce vieil oncle ukrainien retraité qui nous avait régalés lors de son mariage avec Charlotte. L'oncle était prêt à mettre ses talents, gratuitement, à la disposition des Karatine. Les musiciens, qui avaient si bien animé ce même mariage, apporteraient, eux aussi, leur contribution, y compris Igor, le célèbre chanteur que tous s'arrachaient. En ce qui concernait le service, chacun coopérerait.

— Et moi je tiendrai la caisse, a annoncé fièrement Charlotte, irrémédiablement brouillée avec les chiffres, ce qui a déclenché quelques rires côté Réville.

— Ce restaurant, où comptez-vous l'ouvrir ? a demandé Grégoire d'une voix glacée.

Un lourd silence s'est abattu. Futurs comptables, serveurs et maître d'hôtel ont tourné vers le Pacha leurs regards incrédules. Qu'avaient-ils donc imaginé ? Qu'il allait applaudir ? Tous aussi inconscients qu'Anastasia avec ses pâtes de pommes, finalement ! Thibaut regardait son père d'un air inquiet. Audrey s'est rapprochée de sa sœur.

— Mais là-haut, bien entendu, a répondu Boris d'une voix blanche.

— Papa, s'il te plaît, ne fais pas l'innocent, a râlé Charlotte. Où veux-tu qu'on l'ouvre si ce n'est dans *La Géode*. Elle est faite pour. Je sais ce que tu vas dire : Et les enfants ? Eh bien, c'est réglé pour les enfants ! On leur aménagera le garage. Il y a de quoi faire trois chambres. Comme ça le bruit ne les perturbera pas.

— Et nous, le bruit ? Les voitures, la musique, les

odeurs... Nous, vous y avez pensé ? a demandé Grégoire de la même voix coupante.

Sûr de mon soutien, il s'est tourné vers moi pour m'associer à son indignation. Moi, pauvre schizophrène, écartelée entre *Maison* et *Géode*, mari et enfants, incapable de désespérer les uns en prenant parti pour l'autre.

— Bien sûr, on a pensé à vous ! m'a sauvée Charlotte. On plantera un rideau d'arbres à pousse rapide, vous ne verrez rien. Si vous y tenez, on pourra même construire un mur antibruit : on en fait de très jolis.

— Le parking souterrain est-il prévu aussi ? a raillé Grégoire.

Il s'est levé et il est allé se planter en face de Boris qui allumait fébrilement l'un de ses longs et fins cigares (très chers). Un instant, j'ai cru qu'il allait le lui arracher. Tous les sentiments qu'il refoulait depuis des jours envers celui qu'il appelait « l'Irresponsable », se lisaient sur son visage : rancœur, colère, mépris. Oh ! non, pas le mépris, Grégoire !

— Sans doute avez-vous oublié, mon cher gendre, que nous nous sommes fixés dans ce coin perdu pour y avoir la paix, a-t-il déclaré. Lorsque vous avez bien voulu nous demander l'autorisation d'acheter le champ voisin pour y construire votre... bulle, vous aviez vous-même remarqué que la proximité pourrait nous gêner. Cette autorisation, croyez-vous que nous vous l'aurions accordée pour y installer une foire ?

D'un même mouvement, Dimitri et Anastasia, assis sur le sol, ont sauté sur leurs pieds et sont sortis en courant.

— Regarde ce que tu fais ! s'est indignée Charlotte. Une foire... Mais, papa, tu ne nous as même pas laissé le temps de t'expliquer.

— J'en ai assez entendu comme ça, a tranché Grégoire. Vos explications n'y changeront rien. Russe, chinois ou javanais, il n'y aura pas de restaurant dans mon jardin.

— SON jardin... a crié Charlotte. Merci, merci bien. TON jardin, TA petite vie, TA petite paix... c'est tout ce qui compte pour toi. Que dix pour cent des Français soient au chômage, c'est pas ton truc. La crise, tu t'en balances. Fais gaffe, papa, je te préviens, tu es sur la *deadline*...

— Charlotte ! a protesté Thibaut.

Grégoire a tourné vers moi son visage congestionné.

— Viens !

J'ai hésité. Je regardais les larmes dans les yeux de ma fille. La porte a claqué, *Maison* tu as tremblé, Grégoire n'était plus là.

— Et voilà ! Je vous l'avais bien dit que vous rêviez ! a constaté Audrey d'une voix brouillée.

Elle a voulu entourer les épaules de sa sœur qui s'est dégagée d'un mouvement brusque avant de se réfugier à l'autre bout du salon. Audrey et Boris l'y ont suivie. Tout à l'heure, sans aucun doute, les « tartines » iraient bon train. En attendant, moi je ne pouvais plus respirer. Mon pauvre homme ! « Viens », m'avait-il ordonné et je n'avais pas bougé. Mais le suivre aurait été abandonner ceux-là et leur projet brisé, leur belle histoire en trompe-l'œil.

— Mère, une cigarette ? a proposé Jean-Philippe.

Il me présentait son étui. J'en ai pris une. Je fume environ trois cigarettes par an, toujours par colère, représailles ou défi. Contre moi, contre Grégoire ou contre la vie. En m'offrant une cigarette, Jean-Philippe m'apprenait qu'il compatissait à ma situation d'écartelée vive. Thibaut s'est précipité pour l'allumer.

– Nous voilà dans de beaux draps, a-t-il remarqué avec un rire forcé. Allez, m'man, ne t'en fais pas, tout s'arrangera !

De la tête, j'ai fait un grand « oui », faussement convaincue, pour lutter contre les larmes qui me viennent automatiquement lorsque coulent celles de mes filles. Ce qui était grave, ce n'était pas tellement le refus de ce restaurant, c'était que Grégoire avait montré à Boris qu'il le méprisait. Devant témoins, il l'avait humilié. Ce sont des choses qui ne s'effacent pas.

Je me suis levée et je les ai rejoints. J'ai glissé mon bras sous celui de mon gendre :

– N'en veuillez pas à Grégoire, essayez de comprendre...

– Comprendre ? a aboyé Charlotte. Mais c'est lui qui ne comprend rien ! Et si tu es contre, toi aussi, autant le dire tout de suite.

– Je ne suis pas contre, je suis... terrassée.

Boris a saisi mes poignets. Il avait de grands cernes sous les yeux.

– Nous pensions n'ouvrir que cinq jours par semaine, uniquement le soir, pas le week-end... Si seulement il m'avait laissé aller jusqu'au bout...

– Jean-Philippe a fait faire une étude ultra-sophistiquée par sa boîte, a renchéri Audrey. Ils auraient joué sur le snobisme des gens : peu de tables mais du quatre étoiles. Une cuisine exceptionnelle, le grand Igor... Sais-tu que les gens font des kilomètres pour l'entendre interpréter *Les Bateliers de la Volga* ?

Les Bateliers de la Volga... Un rire nerveux m'a secouée. Charlotte s'est tournée vers les autres.

– Inutile de se donner tout ce mal, maman n'aime ni la musique ni la cuisine russes. D'ailleurs, elle n'a pas aimé mon mariage, a-t-elle décrété avec la plus mauvaise foi du monde.

— J'ai adoré ton mariage. Et Grégoire aussi. Ce qui ne veut pas dire qu'il serait ravi de l'avoir tous les jours à sa porte.

Comme en réponse, la portière d'une voiture a claqué dans la cour. Grégoire a emballé son moteur. En quittant la place avec tambour et trompette, en laissant tomber les enfants à qui il avait promis une chasse aux fossiles avec prime sonnante et trébuchante pour le champion, c'est moi qu'il punissait, moi sa femme, sa compagne, qui l'avait lâché dans l'adversité. Oh ! comme je le comprenais ! Comme je m'en voulais ! Jo-mea-culpa, ainsi que m'appelaient mes Grâces.

— A ton avis, c'est complètement fichu ou il reste un petit espoir ? a demandé Audrey.

Tous les regards se sont tournés vers moi comme si le sort des Karatine (Boris, Charlotte, Dimitri, Anastasia, Victor, Capucine et Tatianouchka) reposait entre mes mains et j'ai eu soif de lacs canadiens au creux de forêts enflammées par l'automne, d'une cabane dans une réserve d'Indiens, d'un immense décalage horaire.

— Je n'en ai pas la moindre idée. Tout ce que je sais est qu'il ne faut plus parler de rien à Grégoire. Je vous tiendrai au courant s'il y a du nouveau. Mais... n'espérez pas trop.

— BABOU !

A la porte-fenêtre du salon, Victor vient d'apparaître. Il est rouge, essoufflé. Il a dû courir de *La Géode* à *La Maison*. Mon cœur bondit : son rein serait-il arrivé ?

— On a commencé l'hormone de croissance, pavoise-t-il. Vous allez voir ce que vous allez voir !

Ce soir, ou plutôt demain, Grégoire exploserait :
« Je sais que tu es de leur côté comme toujours.
Seulement cette fois, n'espère pas me faire changer
d'avis : c'est non et non ! »

Lorsqu'il me laisserait enfin m'exprimer, je lui
expliquerais que les choses n'étaient pas si simples
qu'il le pensait. Autant que lui, peut-être davantage,
je tenais à ce lieu qui était le calme, la paix, un espace
préservé dans ce monde en pétard. Je sentais cette
maison comme partie de ma chair et de mon cœur ;
seulement, mes enfants aussi, Boris aussi, faisaient
partie de ma chair et de mon cœur et c'était pourquoi, hier, je n'avais pas trouvé, comme lui, la force
de leur claquer la porte au nez et que j'avais tenu –
le dialogue étant la meilleure solution – à tout
connaître de leur projet. Ainsi, avais-je appris que
Jean-Philippe, notre gendre au jugement si sûr, après
avoir fait réaliser une étude par sa boîte, pensait que
l'idée était réalisable sans que nous en souffrions trop.

Grégoire sortirait sans me laisser développer le
sujet.

Le temps passerait. Beaucoup d'eau de la petite
rivière voisine coulerait sous le vieux pont dc bois.
L'automne brûlerait les feuillages (mais pas si joli-
ment qu'au Canada), « *Deadline... deadline...* grom-
mellerait Grégoire, dis-le que j'ai une tête de *deadline*
puisque c'est ce que tu penses. »

Un matin, probablement au petit déjeuner que nous
aimons à prendre longuement, en écoutant les *news*
et nous étripant avec délices sur l'état de la planète,
Grégoire demanderait d'une voix détachée : « Il a
vraiment fait une étude sur leur idée de cinglés,
Jean-Philippe ? Ils doivent avoir du temps à perdre,

dans sa boîte... Qui sait s'il ne va pas, lui aussi, nous annoncer une bonne nouvelle un de ces jours... »

Réfrénant les furieux battements de mon cœur, je parlerais des cinq soirs seulement d'ouverture par semaine, jamais au grand jamais le week-end, des cinquante couverts maximum, du quatre étoiles, du grand Igor et des *Bateliers de la Volga*.

Il n'y aurait pas de commentaires.

L'hiver éteindrait les forêts, sabrerait la lumière, tordrait le cou des petits oiseaux. On commencerait à parler de Noël que nous passerions tous à Grimaud, comme chaque année, frais de voyage et séjour offerts par Félicie. Ne voyant rien venir du côté des bateliers, qui sait si Thibaut ne se déciderait pas à parler à son père ainsi qu'il l'avait fait il y a deux ans, avant que décision soit prise de nous débarrasser d'un couple infernal composé d'une chèvre et d'un bouc nain angoras ? Oui, qui sait si, cachée derrière le rideau de ma chambre, je ne les verrais pas, comme alors, arpenter le jardin, tourner autour de notre liquidambar, l'arbre à gros mots, auprès de qui chacun va déverser sa bile lorsque cela déborde et qui ne s'est jamais aussi bien porté qu'aujourd'hui, merci ! Peut-être, au retour de cette promenade, Thibaut m'adresserait-il un clin d'œil complice qui remplirait mon cœur d'espoir. Mais cet espoir, Grégoire se garderait bien de l'alimenter ; il me laisserait maronner encore quelque temps pour me punir, moi, de commencer, lui, à faiblir. Jusqu'à ce que son cœur (d'or ?) ne prenne finalement le dessus.

Il choisirait bien entendu le plus mauvais moment pour capituler, celui où j'aurais la tête ailleurs et les bras trop occupés pour me jeter à son cou. « Après tout, qu'ils fassent ce qu'ils veulent, dirait-il. Je ne veux pas le savoir. Mais que ce soit bien clair, José-

phine : primo je ne mettrai plus jamais les pieds là-
haut. Secundo, si c'est insupportable, ta *Maison*, on
la bazarde. »

Et, à quelques détails près, c'est bien ainsi que les
choses se sont passées. Mais avant, beaucoup d'événements sont arrivés et beaucoup d'eau de la petite
rivière voisine a coulé sous le pont vermoulu.

CHAPITRE 10

Et d'abord, ce soir venteux d'octobre, la voix de Thibaut à l'appareil, lasse : « Maman, il en est tombé un autre aujourd'hui ! Moi qui commençais à oublier... »

Oublier quoi ? Il me faut quelques secondes pour réaliser, ô mémoire ! A la décharge de cette lâcheuse qui va parfois jusqu'à me voler mon propre numéro de téléphone, il est dix heures du soir et, lorsque la sonnerie a retenti, nous étions plongés, Grégoire et moi, dans un palpitant polar à la télévision. Pourquoi, mais pourquoi les gens choisissent-ils toujours pour appeler le moment où le suspense est à son comble ? Et sommes-nous bêtes de nous agripper, mon retraité et moi, à ce principe décrépit : « Priorité du vivant sur l'image, du dialogue sur l'évasion », ce qui nous interdit de répondre : « Je regarde un film, rappelle plus tard. » En bref : « Va au diable, tu me déranges. »

Grégoire a joué de sa mauvaise oreille : « Quoi ? Comment ? Qu'est-ce ? » et c'est moi qui suis allée répondre, récompensée par la voix de mon fils.

« Même papier, même encre, même style : dégueulasse ! »

« Tu me le lis ? »

« Je ne peux pas. Je ne veux pas dire ces mots-là tout haut. »

Du canapé, Grégoire m'adresse d'horripilants moulinets interrogateurs : « Qui est-ce ? » Je l'informe puis me tourne du côté du mur, du joli papier à fleurs, des photos de famille, la paix, l'amour. L'illusion ?

« Il faut avertir la police. N'attends pas plus : pense aux gamins. »

Je dis : « Pense aux gamins », mais c'est pour Thibaut que je m'en fais, pour lui et Justino.

« Les flics ? Tu crois vraiment ? Mais ils vont me rire au nez. »

« Il ne manquerait plus que ça ! »

Il hésite encore. J'ai une idée : « Je passe te voir demain : deux heures, ça te va ? On parlera. » Là, c'est « oui » tout de suite, avec un petit rire en prime : « Pauv' maman, je te pollue la vie, n'est-ce pas ?– Ça, c'est bien vrai : qu'est-ce qu'on était tranquilles sans toi ! »

En revenant vers Grégoire, je souris : tranquilles ou endormis ? Les idées de fou, de solidarité, de partage, de dignité, voyez où ça mène ! Je reprends place sur le canapé. Le film est terminé. Grégoire passe un bras protecteur autour de mes épaules.

— Alors, que voulait le fils de madame ?

— Le fils a un pépin.

— Pas Justino, au moins !

Cri du cœur. Il est fou de ce gamin-là.

— Rien à voir avec Justino !

Je vais chercher, au fond d'un tiroir, dans la cuisine, le premier tract. Je n'en avais pas encore parlé à Grégoire. Moi aussi j'espérais qu'il n'en viendrait pas d'autre. Je commençais à oublier. Il met ses lunettes pour lire, me le rend avec un soupir, pas plus étonné que ça :

— Les gens sont à cran. Cela devait arriver.

— Tu ne vas quand même pas excuser ce salaud !

— Je n'excuse personne, j'essaie de comprendre le pourquoi de ce torchon, c'est tout. A quoi ça sert de se boucher les yeux.

— Et que vois-tu ?

— Mais l'évidence, ma Jo ! Ce que chacun sait sans oser le dire de peur d'être stupidement accusé de racisme. On ne peut pas accueillir tout le monde ! C'est aussi simple que ça. Et ton Thibaut est le premier à en convenir.

Elle le sait bien, la Jo, que son mari a raison. Mais ça fait mal à la conscience de l'admettre. Surtout lorsqu'on a vu tous ces petits se précipiter vers L'Étoile. Pas au-dessus de dix ans... Même Thibaut est contraint de faire un choix.

Soudain, Grégoire me regarde avec inquiétude.

— Eh là ! tu ne vas pas t'en mêler, au moins ? Et d'abord, pourquoi ne me l'as-tu pas passé, mon fils ?

— Je lui ai conseillé d'aller à la police, c'est ce que tu aurais fait, je suppose.

Il acquiesce, à demi rassuré seulement.

— Avoue, Jo, que tu as le don de te lancer dans des histoires pas possibles !

— Puis-je te signaler que, cette fois, je n'y suis pour rien ?

C'est son fils, justement ! Et son fils, il le sait bien, n'a pas besoin de les chercher, les histoires pas possibles, il ne voit que ça : son boulot en somme ! Ce gamin qu'on a retrouvé à la porte de L'Étoile, salement amoché par des plus grands qui voulaient son badge. Cette petite fille, sœur d'un de ses bandits, morte d'infection à la suite d'une excision... C'est possible, l'excision, ici, en France ? Et, plus près de nous, Victor et ses reins foutus, Charlotte et Boris sur la paille...

– Charlotte sur la paille ? Que veux-tu dire ?

Sur ma lancée, j'ai gaffé. Grégoire attend, sourcils froncés. Au point où nous en sommes, allons-y :

– Il paraît qu'ils ont quelques dettes.

– En plus ! Eh bien qu'ils assument. Ce n'est pas ça qui me fera changer d'avis.

Grégoire se lève. Le restaurant : sujet tabou. Bouclé une fois pour toutes le soir même de la requête lorsque mon mari m'a proposé, puisque sur la *deadline,* de vendre *La Maison* et d'aller garer nos vieux os dans une résidence façon Diane afin de laisser le champ libre à la jeunesse. Ne jugeant pas digne de moi de répondre à cette provocation, nous en sommes restés là. J'attends, laissant l'odeur sucrée qui imprègne toujours notre chambre rappeler au bon souvenir du Pacha une émouvante petite vendeuse de pâtes de pommes.

D'un pas lourd, il se dirige vers la cuisine pour y boire le verre d'eau fraîche du soir et s'assurer plutôt dix fois qu'une de la fermeture des issues, manettes de gaz et congélateur. Son bref coup d'œil au passage vers *La Géode* ne m'échappe pas. Eh oui, là-haut, on veille ! On se fait du mouron !

– Je ne voyais pas la retraite comme ça, soupire-t-il. Être aux commandes d'un bateau, ce n'était pas toujours facile, nous avions même des moments durs, mais à côté de ce qui se passe ici, c'étaient des croisières de rêve.

Je ris, le coince entre table et évier, l'entoure de mes bras :

– Regarde-moi dans les yeux...

Ces yeux dont je n'ai jamais réussi à reproduire la teinte exacte sur ma palette, qui ont emporté mon cœur il y a quarante ans, se posent sur les miens. Tendresse, interrogation, méfiance : « Qu'est-ce que Joséphine lui mijote encore ? » Sache, marin, que Joséphine n'a jamais fait l'amour avec toi sans plonger corps et âme dans ce beau bleu tendre qui s'assombrit au grand moment.

— Ose dire que tu regrettes... Que tu n'es pas heureux avec moi et la smala. Ose dire que tu aurais dû en épouser une autre, sainte Marguerite par exemple.

Là, c'est lui qui me surprend. Il sursaute, se dégage, va faire couler l'eau en cataracte.

— Marguerite, justement... On peut dire que tu tombes bien, je voulais t'en parler. Figure-toi que ça ne va plus du tout avec Maurice. Il a rencontré une jeunesse...

— PAS LUI !

Pas eux ! Maurice et Marguerite, le couple exemplaire. Elle, toujours souriante, dansant de ses fourneaux à ses aiguilles à tricoter, n'en revenant pas, modeste fille de poissonnier, d'avoir été distinguée par son fier commandant, admirative à souhait, porte ouverte aux copains, l'épouse rêvée ! Lui, solide comme le roc, franc comme l'or, cousu de valeurs et de morale, la vertu faite homme ! En moi se lézardent de confortables certitudes tandis qu'un malaise m'emplit : si Maurice et Marguerite, pourquoi pas nous ?

— Il est vieux, moche, plan-plan. Il ne vit que pour le Scrabble. Encore plus accro que toi !

— Eh bien tu vois, moche et plan-plan, Scrabble ou non, il PLAÎT ! remarque Grégoire avec une insupportable satisfaction dans la voix.

— Et c'est qui, la petite jeunesse ?

— Une vendeuse de je ne sais plus quoi. Six mois que ça dure, paraît-il. La pauvre Marguerite vient de découvrir le pot aux roses. On essaie de l'empêcher de faire une bêtise. Tiens, tu devrais lui parler, toi. Elle t'écoutera peut-être.

— Ce serait quoi, la bêtise ?

— Plaquer Maurice. Aucun des deux n'y gagnerait rien. Ce sont des choses qui arrivent, non ? Pas besoin de tout ficher en l'air pour ça.

— Parce que, d'après toi, c'est Marguerite qui est en train de tout ficher en l'air, pas ce salaud ?

Dans la chambre matrimoniale, au creux du lit entouré de bois qui nous héberge depuis bientôt quarante ans — on devrait changer de lit comme de matelas, c'est affreux de voir chaque soir, en se couchant, la même petite éraflure, au même endroit, de provoquer les mêmes grincements, c'est à mourir de routine, à sauter sur la première « petite jeunesse » venue —, je regarde mon baroudeur qui, lunettes sur le nez, s'éclate comme il peut avec ses histoires de mer, d'aventure, d'exotisme. Cinq ans de moins que Maurice, une chevelure intacte en épaisseur, larges épaules, troublante voix de basse... Et moi qui me traîne en pantalon et pull informes, qui lui fais des scènes, qui lui fais la gueule, qui regarde d'un œil bienveillant la tendresse étouffer la passion et oublie de lui dire qu'il est toujours jeune, beau et épatant. Ce dont les hommes ont besoin jusqu'à leur mort comme les enfants, c'est du lait de leur mère. Moi qui dors sur mes lauriers fanés. L'angoisse m'étreint.

Il se tourne vers moi, relève ses lunettes. Son œil malicieux lit à livre ouvert dans ma tempête. « Eh oui ! » constate ce pervers.

CHAPITRE 11

– Voilà ! dit Thibaut. Hier, dans la boîte : deux en quinze jours, un par semaine. Je t'ai appelée tout de suite.

Du bout du doigt, avec répulsion, il pousse devant moi un carton rouge semblable au premier : ollé ! *Négros, ratons, crouilles, à la porte !*

Le style ne s'améliore pas ! Je regarde les quelques tables et pupitres colorés, les jouets, la petite bibliothèque, les disques, maigres dons d'hommes et de femmes de bonne volonté. Ils y ont mis tout leur cœur. L'autre y met toute sa bave. Je veux qu'on l'attrape. Ah ! si je le tenais... Sa violence me rend violente.

Je me lève.

– Un fils doit obéissance à sa mère, viens, je t'emmène chez un copain.

J'ai prévenu le « copain » ce matin et il nous attend, mon cher commissaire principal, le Caïman. Et il ne m'avait pas oubliée, moi, une parmi les centaines de milliers de concitoyennes dont il assure la protection. Certains, à la vue d'un uniforme, se sentent aussitôt menacés, moi, face à ce bon drap marine, je suis déjà à moitié sauvée. Thibaut ? J'en suis moins sûre...

Il pose les papiers rouges sur le bureau. Le commissaire les parcourt des yeux.

— Ça recommence ! constate-t-il. On en avait déjà eu de la même eau il y a quelques années, on espérait qu'ils s'étaient calmés.

— Qui « Ils » ? interroge Thibaut.

— Vous seriez étonné. Le plus souvent des petits pères tranquilles... des gens apparemment sans histoires. Des nostalgiques d'une France... qui n'existe plus.

— Et les petits pères tranquilles, il leur arrive de passer à l'acte ?

— Rarement ! Leur courage a des limites. A moins qu'ils ne deviennent fous et, un soir, tirent dans le tas par la fenêtre.

— Que peut-on faire ? demande Thibaut.

Le Caïman soupire.

— Pas grand-chose, hélas ! Des initiatives comme la vôtre entraînent presque inévitablement ce genre de réaction et il m'est impossible de faire surveiller votre Étoile jour et nuit. Soyez vigilant et si vous soupçonniez quelqu'un, faites-le-moi savoir.

— C'EST TOUT ?

Avec un sourire, le commissaire se tourne vers moi.

— A un détail près, madame, je vous demanderai instamment de ne pas vous en mêler.

Je déteste qu'il m'appelle « madame » et me mette d'emblée hors-jeu ; n'ai-je pas fait mes preuves ?

— Mis à part le « madame », j'ai cru entendre mon mari, dis-je.

Ils rient tous les deux. Cela me dispense de répondre.

A présent, nous sommes, mon fils et moi, à

L'Ancre, le bistrot en face de L'Étoile, attablés devant deux « petits noirs ».

– Tu as donc fini par en parler à papa ! Qu'en pense-t-il ?

– Que nous accueillons trop de monde en France.

– C'est évident, reconnaît Thibaut. Seulement, on ne nous demande pas toujours notre avis pour venir. Et que ces pauvres bougres préfèrent vivre à dix dans une chambre plutôt que de crever de faim chez eux, on ne peut guère leur en vouloir, je suppose que nous ferions la même chose à leur place. La France, c'est le pays de cocagne.

– En tout cas, il y en a une qui n'a pas d'états d'âme, c'est Diane. S'attaquer à L'Étoile, pour elle, c'est un crime de lèse-majesté.

– Sa Majesté habitant les beaux quartiers, il lui est plus facile d'accepter les immigrés, remarque sobrement Thibaut. Ce qui ne retire rien à sa générosité. Elle est encore venue hier les bras pleins de cadeaux. Des vêtements. Si elle le pouvait, ils seraient tous habillés en Dior ! Ils l'adorent, mes ratons.

– Raciste !

Il rit.

– Et maintenant, si nous parlions d'autre chose ? Ne faisons pas tant d'honneur à ce minable. Où en est le projet de restaurant ?

– Au point mort ! Grégoire ne veut pas en entendre parler. Il paraît que Boris a recommencé à chercher du travail.

Maudite gorge qui se bloque chaque fois que j'évoque les ennuis des Karatine. Maudite voix qui me trahit. Comment font ceux qui peuvent à la fois souffrir et parler ? J'en ai vu à la télévision. Ils parvenaient même à être beaux en pleurant. Moi, la souffrance me coupe le son. Et me rend hideuse par-dessus le marché. Mais ils s'entendaient si bien, Grégoire et sa Charlotte ! Au fond, elle l'amusait, cette fille explosive. Là, l'explosion a été trop forte, quelque chose s'est cassé. Certes, Boris et elle viennent toujours à *La Maison*, mais essentiellement lorsque les Réville sont là, comme s'ils avaient peur de se retrouver seuls face à nous. Charlotte s'efforce de ne pas faire la tête, Grégoire s'applique à être naturel, Boris ne parle plus de rien. Comment être naturels lorsqu'on n'ose pas demander : « Où en êtes-vous ? » à ses enfants dans le pétrin ?

— Veux-tu que je lui en parle ? propose Thibaut.

— Pourquoi pas si l'occasion se présente ? Mais tu sais combien il est têtu !

— Presque autant que son fils, ce qui n'est pas peu dire !

— Tais-toi !

Là, c'est la colère qui m'emplit quand je songe à toutes ces années perdues à la suite d'une brouille imbécile entre Grégoire et Thibaut. Huit années que nous ne retrouverons jamais, un dixième de vie gâchée.

Thibaut suit ma pensée. Il prend mes mains, il rit.

— Écoute-moi, Babouchka, j'ai une chose importante à te dire : si aujourd'hui, maintenant, nous avons le privilège d'être ensemble dans ce bistrot minable, à boire du café dégueulasse en nous faisant du cinéma-catastrophe à partir de deux torchons envoyés par un lâche, c'est grâce au jour où mon père m'a flanqué à la porte. Si je n'avais pas vécu toutes ces fabuleuses années-galère à Rio, au lieu d'être ici avec toi, je serais probablement en costume-cravate derrière un bureau à m'emmerder sur des dossiers, une calculette à la main. Jamais je n'aurais eu l'idée d'ouvrir L'Étoile et mes bandits ne sauraient pas où aller en sortant de l'école.

– Et de ravissants papillons rouges ne tomberaient pas dans ta boîte à lettres...

Nous rions. La voilà bien, la vie ! On se console avec ce qui, l'instant d'avant, vous faisait grincer des dents ! Rire-défense ? Rire-défi ? Dire que lorsque Thibaut était revenu du Brésil, j'avais peur qu'il n'en soit plus jamais capable ! Son rire est éclatant, plein de ce dont personne n'ose plus parler de peur de passer pour ringard : une raison de vivre, un idéal. « Continuez, il faudrait des Étoiles partout », lui a dit le Caïman alors que nous nous séparions et j'ai été fière de mon fils.

– Maintenant, madame, si vous me parliez de toi ?

– Moi, ça va !

– Mais encore ?

Mais encore, Thibaut ? Eh bien, après t'avoir quitté, j'irai de ce pas travailler à mon œuvre impérissable à *La Caverne*, la brocante de Marie-Rose où j'ai installé mon atelier. Grégoire voudrait que je revienne peindre à *La Maison* à présent que, grâce à *La Géode* (elle a quand même du bon), nous y sommes au large, mais pas question ! A *La Caverne*, ce n'est jamais pour moi que le téléphone sonne. Pas de machine ménagère à faire partir, pas de ragoût à surveiller. La rumeur de la vie se mêle aux chuchotements du passé. Des toujours et des plus jamais sourdent les couleurs nostalgiques de la poésie.

Mais encore ? Oh ! Thibaut, mon Thibaut, combien de personnes vivent-elles en trompe-l'œil, donnant aux autres une image truquée d'eux-mêmes, comme Maurice que tous canonisaient alors qu'il s'envoyait en l'air avec sa « petite jeunesse » ? « Si seulement sa Margot pouvait lui rendre la pareille », a soupiré

Diane lorsque je l'ai mise au parfum. Et voici qu'à l'idée de sainte Marguerite, si comme il faut avec ses tabliers à fleurettes et ses chaussons à pompons, se livrant aux plaisirs de la chair, méchantes que nous sommes, nous avons été prises de fou rire. Et voilà que malgré mon amitié, ma compassion pour Marguerite, devant l'air ahuri de Thibaut, ça recommence. C'est surtout les chaussons à pompons. Vite, un second café dégueulasse, monsieur le serveur, s'il vous plaît : il est trop bon à déguster avec mon fils.

— A propos de peinture, tu te souviens de la toise dans ma chambre d'enfant ? demande celui-ci une fois sa mère calmée.

— Bien sûr, c'était ma première œuvre !

Une toise-liseron aux fleurs bleues grimpantes. J'étais partie de ce conte où, d'une graine de haricots qui germe, un petit garçon monte jusqu'au ciel.

— J'avais repéré une fleur pas tout à fait comme les autres, raconte Thibaut. Un peu ratée, un peu tremblée. J'avais décidé que cette fleur, c'était moi. Le matin, en me levant, je lui disais : « Salut. » Le soir, avant de m'endormir, j'imaginais que j'appuyais dessus et qu'une porte s'ouvrait...

— Normal, dis-je en prenant mes grands airs. Un artiste n'est-il pas fait pour ouvrir des portes sur soi-même ?

Thibaut incline la tête. Lui n'éprouve pas le besoin de plaisanter lorsqu'il parle des choses sérieuses.

— J'ai appuyé pour de vrai sur la fleur, dit-il, et c'est le monde qui s'est ouvert. Merci, ma mère.

A part ça, me raccompagnant à ma Rugissante, il m'a raconté qu'Anastasia lui avait apporté des kilos de pâtes de pommes confectionnées par elle. Ses bandits se régalaient. Quelle fille épatante !

CHAPITRE 12

L'ambulance, dite « légère », est venue nous chercher à midi. Durant le trajet, Victor n'a pas ouvert la bouche, intimidé d'avoir demandé à sa grand-mère de l'accompagner ? Le regrettant peut-être ? Avant de partir, il s'était douché, ses cheveux étaient encore humides et à cause d'eux, si bien coiffés, comme pour se rendre à une fête, j'avais envie de le prendre dans mes bras. La route était très belle, en deuil éclatant d'été : malgré la nostalgie, ou peut-être à cause d'elle, l'automne est ma saison préférée.

Nous sommes arrivés à Rouen sous un ciel barbouillé. Les nuages couraient sur les parois de verre du bâtiment devant lequel l'ambulance nous a déposés. Le hall, vaste et bien éclairé, ressemblait à celui d'un grand hôtel. L'un de mes amis disait souvent que s'il y avait un endroit où l'on aurait dû accueillir les gens avec une coupe de champagne, c'étaient les hôpitaux. Pourquoi réserver le champagne à la joie ? Ne pas l'offrir aussi en guise de consolation ?

D'un pas décidé, Victor m'a guidée vers le centre pédiatrique. Le long de l'escalier qui y montait s'alignaient des tableaux colorés que l'on aurait pu croire peints par des enfants. Sur chaque toile, parmi

d'autres personnages, un même petit clown grimaçant revenait. Victor l'a désigné : « Me voilà ! », a-t-il
constaté et j'ai pensé à la fleur pas tout à fait comme
les autres à laquelle s'était autrefois identifié Thibaut.
J'ai fermé une seconde les yeux et fait le vœu que ce
petit clown ouvre l'avenir à Victor.

La salle d'hémodialyse était spacieuse : six lits,
chacun près d'une grosse machine d'où sortaient fils
et tuyaux. Deux des lits seulement étaient occupés.

— Ah ! Voilà notre Victor, s'est exclamée joyeuse-
ment une femme en blouse blanche. Et je vois qu'il
nous a amené sa grand-mère.

Elle s'est présentée : la surveillante. Deux infirmières plus jeunes sont venues également me saluer.
Victor vivait sa vie. Il avait déposé son sac de classe
sur un lit et maintenant il retirait chaussures, blouson, chandail, ne gardait que sa chemisette et son
pantalon. Puis il est allé se laver les mains, tout cela
sans me regarder mais je lisais en lui la fierté de me
montrer qu'il connaissait la musique et se prenait en
charge. Enfin, il est monté sur la balance.

— Nous avons deux kilos et demi à perdre aujour-
d'hui ! a constaté la surveillante.

Lorsqu'il a été étendu, elle a pris sa tension. Sur le
lit voisin, reliée à sa machine, une fillette semblait
dormir. Elle était repliée sur elle-même comme si elle
cherchait à offrir le moins de prise possible au mal.
Le « garçonnet » qui occupait le troisième lit regardait
un dessin animé sur un poste de télévision fixé au
mur en face de lui. Victor m'a fait signe de m'approcher.

— C'est Gabriel, m'a-t-il glissé à l'oreille. Il vient
d'avoir vingt ans. Il m'a dit qu'il était séropositif ! Le
pauvre ne pourra pas avoir son rein.

Le moment était venu du branchement. Sur le

plateau que portait l'infirmière, des seringues et deux grosses aiguilles. « Tu peux aller dans le couloir, on t'appellera quand ce sera fini », m'a dit Victor. Et, à la jeune femme, d'un ton indulgent : « Ma pauvre grand-mère ne supporte pas les piqûres. »

Dans le couloir par lequel passaient chaque jour tant de petits malades, je fermais fort les yeux, m'efforçant de respirer à fond, calmement, m'efforçant d'accepter que ce monde-là existe, que cette souffrance soit, refoulant les « pourquoi ? » inutiles. Pourquoi Victor ? Pourquoi Gabriel ? La réponse, tout le monde la connaissait. Il m'arrivait de la donner aux enfants lorsque leurs questions me dépassaient : « Parce que c'est comme ça. » Parce que la vie était comme ça, impitoyable pour les uns, meilleure pour d'autres et qu'il fallait « faire avec ». Mais il existait deux mondes séparés par une épaisse muraille de solitude : le monde des bien-portants et celui-ci.

– Vous êtes madame Rougemont ?

Une jeune femme au visage avenant, aux vêtements colorés me souriait. J'ai acquiescé et elle m'a tendu la main.

– Je suis Mme Legendre, l'institutrice. Nous avons tous été avertis de votre venue : pour Victor, c'est un événement.

– Si j'avais su, je serais venue avant, ai-je regretté. Lui aussi nous parle souvent de vous. Et avant d'avoir ce petit-fils-là, j'ignorais qu'on faisait l'école à l'hôpital.

– Mais c'est indispensable ! a-t-elle répondu avec feu. Pour eux, c'est la preuve qu'ils ont un avenir et qu'ils le construisent comme les autres. Victor vous a-t-il déjà montré son cahier de liaison ?

– Cela lui est arrivé.

Le cahier de liaison circulait entre hôpital et

famille, hôpital et collège. Y étaient inscrites les indications médicales et aussi ce qui concernait le travail scolaire de l'enfant.

— Depuis quelque temps, nous constatons un léger relâchement, m'a appris l'institutrice. Pas de quoi s'inquiéter, mais enfin...

— Victor n'a plus le moral. L'autre jour, il en avait même franchement marre.

— Jusqu'à treize ans, ça ne leur déplaît pas d'être chouchoutés. Après, tout simplement, ils ont envie de grandir comme les autres. Espérons que l'hormone de croissance l'y aidera.

— Babou ! a appelé Victor.

— Je vous rejoins dans un instant, a dit Mme Legendre.

Elle s'est éclipsée et je suis revenue dans la salle. La machine était en marche, le bras de mon petit-fils relié à elle par deux tuyaux.

— Admire... a-t-il dit.

Sur ses genoux, un plateau bien garni : pâté, jambon, banane et du pain, du vrai. Un festin pour lui, condamné à un régime draconien. Durant la première heure de dialyse, les malades pouvaient manger ce qu'ils voulaient, l'appareil faisant office de rein. Au cours des heures suivantes, avec le total bouleversement de leur corps, la fatigue venait et ils n'avaient plus envie de rien.

Assise près de lui, j'ai admiré.

— Pourquoi le Pacha ne veut-il pas que papa ouvre son restaurant ? a-t-il demandé entre deux bouchées.

— Il a peur du bruit. Tu sais, notre maison est juste à côté de la vôtre.

— Pourtant, ça aurait été bien, a-t-il soupiré. Moi, j'aurais fait le vestiaire.

— Qui sait ? Tout espoir n'est peut-être pas perdu...

Il a eu un rire.

– L'espoir... voilà le mot que j'aurai le plus enten-du de ma vie !

– Plains-toi !

Son assiette était déjà vide. De son bras libre, il a attrapé son cartable et en a sorti une tablette de cho-colat aux noisettes.

– Et maintenant, le meilleur des meilleurs ! a-t-il annoncé.

Il s'est tu pour le savourer, et moi j'avais envie de pleurer. Le meilleur des meilleurs dont mes autres petits-enfants se bourraient à longueur de journée sans même y penser ! Tournés vers lui, ses deux camarades d'infortune le regardaient de leurs yeux sans lumière. La machine de Gabriel a sonné. Une infirmière est venue vérifier l'appareil, puis elle a dit quelques mots à l'oreille de l'enfant. Non ! Pas l'enfant : l'adulte. Vingt ans. L'adulte séropositif. Que fais-tu, Dieu ? Victor me regardait, il me guettait, il épiait chacune de mes réactions puisque c'était, tous l'affirmaient, par le regard de ceux qui les entouraient que ces enfants-là pouvaient s'en sortir. Il fallait espérer pour eux, croire pour eux, sinon basta, ils s'abandonnaient à la « mort blanche » : le refus de vivre.

– Alors, c'était bon ? Prêt pour le boulot ? a demandé Mme Legendre.

Victor s'est redressé pour me présenter son institu-trice. En ne rentrant pas avec moi tout à l'heure, elle avait voulu lui laisser ce plaisir. Puis il a sorti ses affaires de classe. Je suis allée m'asseoir un peu plus loin.

Il m'avait conseillé d'emporter un livre mais je ne parvenais pas à y entrer. Ici, le poids de la vie était trop lourd, il écrasait les mots. Je regardais ces enfants et ces femmes, je respirais cette atmosphère lourde de souffrance et de sentiments et découvrais que, jusqu'à aujourd'hui, parce que je n'avais pas VU, de mes yeux VU, je n'avais rien réellement compris. Telle était la vie de Victor depuis huit ans ! Et je comprenais aussi que certains parents ou proches puissent éprouver le désir de fuir, de se boucher les yeux, de démissionner. J'ai admiré Boris. J'ai encore mieux aimé Charlotte.

Une infirmière a frappé sur mon épaule.

— Mélanie souhaiterait vous dire bonjour. Quand je lui ai dit que vous étiez une grand-mère, elle vous a réclamée.

Mélanouchka était très pâle, de grands cernes sous les yeux ; ses cheveux blonds retenus en arrière par des barrettes de couleur représentant Mickey. J'aurais voulu lui exprimer sans mélo, comme une évidence, qu'elle était aussi mon petit enfant. J'ai seulement dit : « Alors, poulette ? » Elle a tendu son bras valide : « Un bisou. » C'est dans le « bisou » que j'ai mis mon espoir pour elle.

Cela faisait maintenant plus de deux heures que nous étions arrivés. Victor avait rangé ses livres. Lui aussi était maintenant en fœtus, les yeux fermés, une mine vraiment catastrophique. Parions que si vous lui aviez offert la plus succulente tablette de chocolat du monde, elle n'aurait plus été la meilleure des meilleures. J'ai posé ma main sur le drap et il s'en est aussitôt emparé.

— Babou, a-t-il demandé d'une voix faible. A quoi tu penses ?

— A Justino !

Ses yeux se sont rouverts, stupéfaits. Il s'attendait à ce que je réponde : « A toi », que nous parlions de sa maladie ; eh bien, non ! Et je n'avais exprimé que la vérité. Je m'en faisais pour Thibaut. Je m'en faisais pour Justino. Hier, une troisième feuille rouge avait sali la boîte de L'Étoile.

– Qu'est-ce qu'il a, Justino ?

– Il a qu'il est tout seul !

J'ai désigné la grosse pendule-Mickey au mur.

– Tu vois, il vient de sortir de l'école, il rentre chez lui. Je me disais que ça devait être triste de ne pas avoir de... de n'avoir personne pour l'accueillir.

J'avais failli dire : « De ne pas avoir de maman », mais Victor non plus ! En tout cas pas la « vraie ». Et, pour lui, c'était peut-être encore plus douloureux car Galina était partie à la suite de sa maladie, il avait bien dû finir par l'apprendre. Victor devait s'imaginer sa mère heureuse et détendue, loin de lui ! Justino avait le triste privilège de pouvoir regarder chaque soir, sur sa table de nuit, le portrait d'une maman qui l'avait aimé.

– Nous, on a Charlotte pour nous accueillir, a-t-il reconnu. Elle est toujours là quand on rentre et c'est chouette. Même si parfois, moi, je file direct dans ma chambre parce que je n'ai pas envie de parler.

– Rentrer et n'avoir envie de parler à personne, je comprends ça !

– Et même d'envoyer tout le monde au diable...

Nous avons ri, puis il a réfléchi.

– C'est vrai qu'il n'est plus pareil, Justino !

Mon cœur a **battu** plus fort.

– Plus pareil ? Que veux-tu dire ?

Il a hésité avant de répondre, comme s'il craignait de me choquer :

– L'autre jour, il m'a demandé si Yocoto était une « putain viet » ?

UNE PUTAIN VIET... Un vertige m'a traversée : pas Justino, pas ces mots-là !

– Es-tu sûr d'avoir bien entendu ?

Victor a acquiescé.

– Je lui ai même demandé qui lui avait fourré ça dans le crâne mais il n'a pas voulu répondre.

– C'est sûrement à son collège. Peut-être s'y moque-t-on de lui. Raison de plus pour s'en occuper davantage, d'accord ?

– D'accord !

Un peu de couleur était revenue à ses joues, de lumière dans ses yeux. Quelqu'un avait besoin de son aide, quelqu'un qui en bavait peut-être lui aussi. « Putain viet »... j'ai chassé ces mots de mon esprit. Ils allaient trop mal avec mon Justino. Je me suis efforcée de penser à autre chose. Comment aurais-je pu deviner ?

C'est plus tard, les événements passés, la tempête calmée que l'on fait le compte des signes, des avertissements, de tout ce qui aurait dû vous conduire à la vérité. Mais cette vérité, Mme la marquise le sait bien, on peut aussi n'être pas prêt à l'entendre.

En attendant, mon dialysé s'était endormi. Il paraît que sa grand-mère l'a imité.

CHAPITRE 13

Vacances de la Toussaint. Les Réville sont installés à *La Maison*. Entre celle-ci et *La Géode*, les invitations vont bon train côté enfants. On ne sait jamais dans quelle baignoire on va les trouver, qui dormira en haut, qui dormira en bas. A l'extinction des feux, on fait l'appel pour s'assurer que l'effectif est au complet.

Bonne saison pour les pommes, excellente pour les champignons, merci, le ciel ! Presque tous les après-midi, nous partons à la chasse sous l'égide de Grégoire, grand spécialiste, auquel chaque trouvaille doit être impérativement présentée avant d'aller dans le panier, sous peine de causer la mort, en d'horribles souffrances, d'un ou plusieurs membres de sa famille bien-aimée. « Le plus sera le mieux », chantonne Gauthier l'iconoclaste.

Les petits courent devant, certains de nous épater avec la trouvaille du siècle ; mon odorat de primitive me permet de flairer un cèpe un peu avancé à vingt mètres. Utile de savoir que ce champignon s'accroche volontiers à une pente douce, comme on boit à un verre incliné. Les trompettes de la mort, elles, forment leur ballet au pied des arbres. Enfin, les bons coins restent en vigueur d'année en année, comme si ces secrètes épousailles d'un sous-bois et d'un ciel se célébraient toujours dans de mêmes chapelles.

Nous en avons mangé à toutes les sauces. Aujourd'hui, nous conservons. A la congélation, je préfère les beaux colliers – trophées de chasse – suspendus au-dessus de la cheminée. Tout le monde s'active à la cuisine. Grégoire surveille les opérations. Seules les prises les plus fermes sont retenues. On ne lave pas, on époussette. Armées d'une loupe, Capucine et Adèle traquent avec volupté d'éventuels petits vers. Justino manie fil et aiguille avec des mines de grand couturier. Est-ce ce même petit garçon, doux et appliqué, qui a parlé de « putain viet » ? Décidément, on en entend de toutes les couleurs à l'école. Il n'a fait que répéter, sans voir à mal, les mots d'un autre. Histoire close !

Fièrement, il lève sa guirlande.

– Tu sais, Pacha, remarque-t-il, ce serait bien qu'on les donne à Boris pour son restaurant, ces champignons-là ! Comme on les paie pas, ça lui ferait du bénéfice gratuit.

On n'entend plus dans la cuisine que le tintement des ustensiles (et moi, les furieux battements de mon cœur). Justino a parlé en toute innocence, comme s'il était persuadé que Grégoire, qui se situe pour lui quelque part entre Dieu le Père, le commandant Cousteau et Super-Mario (vedette de jeu vidéo) n'attendait que l'occasion de laisser tomber sa grâce sur la tête de Boris.

– Tu as déjà vu, toi, des cèpes dans la cuisine russe ? demande le Pacha d'une voix bourrue. Eh bien moi, pas !

Est-ce un hasard si, deux jours plus tard, Jean-Philippe va être soumis à la question par son beau-père ?

Quatre stères de bois varié – pommier, hêtre et chêne – ont été déversés dans notre cour par un cultivateur voisin. Il s'agit maintenant d'empiler tout ça contre le mur du jardin et une chaîne s'est organisée. En raison de vertèbres défaillantes, Grégoire se contente de diriger les opérations : le petit bois ici, les bûches moyennes là, suivies par les plus grosses. Les femmes sont préposées au petit bois. C'est au moment où Jean-Philippe passe, succombant sous le poids d'une bûche géante, que Grégoire se décide.

– Et que raconte-t-elle, votre étude sur leur histoire de fou ?

Soucieux de ne pas laisser échapper la chance inouïe qui se présente de faire tourner le vent, Jean-Philippe s'arrête, son fardeau sur les bras : du bon chêne, bien compact.

– Nous sommes partis de l'idée simple que venir dans ce restaurant devrait être considéré comme un privilège, expose-t-il. Les places seront donc limitées. Nous miserons sur l'excellence.

– Ah ! Ah ! ricane Grégoire. Et si vous veniez me montrer comment s'y prendront Vos Excellences ?

La suite a, hélas !, échappé aux oreilles des travailleuses car le Pacha, suivi de son gendre (portant toujours sa bûche), se dirigeait vers *La Géode* que l'hiver, en dénudant les arbres, semblait avoir rapprochée plus encore de *La Maison*.

– Sainte Vierge, un miracle, s'il vous plaît, a prié Charlotte.

En attendant le miracle, Jean-Philippe a eu un tour de reins, il a dû décommander sa partie de golf du dimanche et la famille a recommencé à espérer.

Au parloir (sous ma couette), dix heures du matin.

– Babou, est-ce que tu sais garder un secret ? demande Capucine.

– Mais j'espère bien, ma chérie.

– Promis-juré que tu ne le diras à personne ?

– Promis-juré-craché !

– Je vais avoir plein de sous, m'apprend ma petite-fille. D'ailleurs, c'est moi qui paierai mon école.

Allons bon ! La maladie des châteaux en Espagne l'a frappée elle aussi ! Ne désespérons pas l'enfance.

– Et comment auras-tu tous ces sous, mon trésor ?

– J'ai tourné dans une pub avec Sacha, annonce-t-elle. Tu me verras bientôt à la télé.

– C'est vrai ?

Air modeste de la vedette. Sacha, ami de Boris, s'est spécialisé dans les tournages enfantins. Ma petite-fille à la télé... Je ne sais pas encore ce que la situation m'inspire.

– Et de quoi parle-t-elle cette pub ?

– C'est une maman qui fait du cheval, raconte Capucine. Alors, elle va à son concours « épique » et patatras, voilà que ses ragnagnas arrivent. Tu sais ce que c'est, Babou, les ragnagnas ?

– Qu'est-ce que tu crois, que je suis née de la dernière pluie ?

– Alors elle a très peur que ça se voit sur son beau pantalon blanc, poursuit Capucine, rassurée sur l'état mental de son aïeule. C'est là que j'arrive, moi, sa fille de tournage, et que je lui donne les préservatifs.

– Les PRÉSERVATIFS ?

– Zut, dit Capucine. J'ai encore confondu, pardon ! J'arrive avec les protections hyperétanches et qui ne se voient pas. Ma maman de tournage gagne le concours et, puisque c'est grâce à moi, elle me donne sa coupe. Super, non ?

Je reste sans voix pour exprimer mon enthousiasme. Telle la statue du Commandeur, Grégoire m'apparaît. Il hait la pub, il hait les parents qui, selon lui, transforment leurs enfants en singes savants, quant aux préservatifs – pardon – aux protections étanches...

– Adèle est furibonde, conclut Capucine avec satisfaction. Elle voulait tourner elle aussi mais tante Audrey a refusé. Surtout, tu le dis à personne, c'est une surprise.

Et quelle surprise !

Jeudi après-midi. Dans mon coin à *La Caverne,* je tente de faire silence en moi pour pénétrer mon œuvre. Le trompe-l'œil avance plutôt bien mais j'ai un mal fou avec le verre brisé et ma mouche refuse de bourdonner. Non loin, Diane et Marie-Rose papotent en cirant une table de ferme. Diane ne supporte pas de me savoir ici sans y venir elle-même, ainsi nous retrouvons-nous de plus en plus souvent toutes les trois, toutes les quatre avec Sissy, sa Loulou de Poméranie qui s'emploie de son mieux à faire fuir le client.

Cette fois, on dirait que le client insiste, la cliente plutôt... Charlotte avec Tatiana !

– Mais quelle bonne surprise ! s'exclame Marie-Rose en courant embrasser les deux femmes.

– Est-ce que maman est là ? demande Charlotte après avoir confié sa fille à sa marraine.

J'ai déjà mis mes pinceaux à tremper. Mururoa effleure mon front de ses lèvres.

– Es-tu capable de garder un secret vis-à-vis de papa ?

– Les secrets sont indispensables à la bonne santé des ménages.

– Eh bien voilà, Capu a tourné une pub ! Elle va bientôt passer. Tu m'as assez reproché de te mettre devant le fait accompli, cette fois, je t'aurai prévenue.

Avec une hypocrisie consommée, je demande :

– Et pourquoi ne dois-je rien dire à Grégoire ?

– Il y a un malaise côté sujet, avoue Charlotte. Pas évident qu'il apprécie. Autant te prévenir tout de suite, c'est sur une nouvelle marque de serviettes périodiques. Nouvelle marque, nouvelles mœurs, c'est une petite fille qui les propose à sa mère.

– Capucine ?

– Hourra, elle a deviné !

Malgré mes efforts, je ne parviens pas à rire.

– Et cela te plaît ?

– Je trouve ça génial. Les règles, c'est la vie qui se déclare, quoi de plus beau ? Et ça fait longtemps que Capucine est au courant.

Charlotte m'adresse un regard noir.

– Entre parenthèses, ce n'est pas comme moi. Tu ne m'avais rien dit, merci ! Résultat, quand ça m'est tombé dessus, j'ai cru ma dernière heure arrivée.

Charlotte n'a jamais su parler bas et, du côté de mes chères amies qui ont réussi à neutraliser Tatiana et Sissy avec les gâteaux salés réservés à la coupe de champagne que nous nous offrons toujours avant de nous séparer, il me semble entendre des rires étouffés. Je remarque qu'elles cirent toutes les deux le même côté de la table, le plus près de nous.

– Bref, conclut Charlotte, j'ai préféré te mettre au parfum au cas où papa tomberait dessus par hasard. C'est pour début décembre, avant les infos du soir.

Le moment où mon homme radieux s'installe avec femme, petit verre de porto et rondelle de saucisson sec devant le poste de télévision...

– Mais, Charlotte, réfléchis ! Même si ton père ne

« tombe pas dessus par hasard », comme tu dis, tout le monde la verra, ta fille. Et je te prie de croire que les copains seront trop contents d'appeler à *La Maison*. Ils vont s'en payer, une rigolade !

— C'est ça, engueule-moi et je ne te dis plus jamais rien, menace Charlotte. Je le sais bien qu'il l'apprendra un jour. C'est pour ça que je suis venue pour que tu puisses préparer ma défense.

— Tu reconnais donc que l'idée n'est pas si géniale que ça ?

— L'idée est très bien payée. Et on n'a plus le sou, figure-toi. L'argent sera pour Capucine. Elle, au moins, pourra rester dans sa boîte. Si papa ne se braquait pas pour le restaurant, on n'en serait pas là !

— Ma chérie, excuse-moi si j'ai tout entendu, intervient Marie-Rose. N'oublie pas que je suis ta marraine. Si tu as besoin d'une petite poignée de Sicav, sans intérêts bien entendu...

— J'existe moi aussi, renchérit Diane. A moins que vous ne me comptiez pour du beurre, comme d'habitude ! (Querelle d'un demi-siècle entre Junon, la Grâce la plus sage, et les dissipées Minerve et Vénus.)

Charlotte contemple mes amies avec tendresse : elles, au moins, la comprennent. Puis une idée semble la frapper :

— Après tout, c'est idiot de cacher la vérité à papa, mieux vaut le préparer : à toi de jouer, maman !

La voilà soudain toute guillerette : à moi de jouer ! Ayant mis l'affaire entre les mains de la pauvre mère, elle daigne se pencher sur l'artiste, découvre la blouse de « peintresse », explore la nature morte.

— Mais c'est pas mal du tout, ça ! Qu'est-ce que c'est ?

— Un trompe-l'œil, dis-je sombrement.

— Et pourquoi le verre est cassé ?

– Pour tromper plus encore l'œil. Certains y voient un symbole.

Charlotte bat des mains.

– Chouette, un symbole, j'adore les symboles... Maman, tu dois savoir que TOUT, absolument TOUT est symbole. Je peux deviner ?

– Essaie toujours...

Elle se concentre un instant devant la toile, puis son regard malicieux passe sur trois Vermeilles suspendues aux lèvres de la jeunesse.

– Les illusions perdues ?

À ce propos, le drame est consommé au foyer de Maurice et de Marguerite. Marguerite est rentrée chez sa mère qui lui répète à longueur de journée qu'elle le lui avait bien dit : un marin, ça ne s'épouse pas, c'est infidèle par essence. Belle comme elle était, elle aurait dû choisir un digne commerçant comme son père.

Maurice ? Il paraît qu'il est sonné. Il aurait bien gardé les deux : les chaussons à pompons pour le confort, les talons aiguilles pour la bagatelle.

Les hommes !

CHAPITRE 14

Ce soir-là, mardi, un temps de chien, rafales et pluie. En rentrant de chez Marguerite, que j'avais trouvée écartelée entre le désespoir d'avoir été trompée, la rage de s'être montrée aveugle, le désir – encore inavoué (mais crevant les yeux) – de récupérer son bonhomme, tous ces sentiments qui, depuis toujours, déchirent le cœur des malheureux déçus dans leur espoir de s'appartenir à la vie à la mort, j'ai entendu une voix d'enfant dans le carré du commandant. Cela ne pouvait être que Justino, le seul à avoir accès au saint des saints (ce qui n'a pas fini de faire grincer les dents).

En quittant Marguerite, j'étais passée à la pâtisserie acheter à mon mari un paris-brest, dessert de son enfance pour lequel il ferait des folies et, afin de ne pas le laisser succomber seul au sucre, j'avais pris pour moi un financier, mot dans lequel j'éprouve un malin plaisir à croquer. J'ai mis le tout au Frigidaire (Grégoire aime son paris-brest frappé), puis j'ai enfilé mes « silencieux », chaussons très chics en poil de lama, après quoi je suis allée écouter aux portes. Où j'ai entendu des propos stupéfiants.

« Mais, Pacha, disait Justino, c'est foncé, un raton !

Ça va chez les autres quand ça n'a pas le droit, alors c'est comme moi ! »

« Mais qu'est-ce que tu me racontes là ! Les ratons, c'est les Arabes ! répondait avec indignation le Pacha. Ce ne sont pas les Brésiliens. Et tu n'es même pas brésilien d'ailleurs, tu es français. Et puis, regarde, tu me fais dire n'importe quoi, alors suffit sur le sujet, s'il te plaît. »

Il ne plaisait pas à Justino ! « Et les crouilles ? insistait-il. C'est qui, les crouilles ? Sans le R, je sais. Avec le R, personne m'a dit. »

Là, le Pacha s'est carrément mis en colère. « Tout ça, ce ne sont que des sales mots ! C'est à l'école que tu les as appris ? Pour un petit garçon qui prétend aimer le français... Tu vas me faire le plaisir de les oublier. »

Les ratons, les crouilles... Je n'ai pas entendu la suite car la porte-fenêtre du salon s'est ouverte sur Victor, comme poussé par la bourrasque, et tout s'est envolé. Cependant, pour moi, il n'y avait plus de doute : Justino avait vu les tracts ! Pourtant, Thibaut m'avait promis de ne pas lui en parler... Alors Yocoto ?

Le petit nous a rejoints, suivi par le Pacha, d'une humeur de crin. C'était son cousin qui nous l'avait amené, pensant qu'il serait content de passer avec lui une soirée à *La Maison*, d'autant que demain il avait congé. Depuis une certaine conversation à l'hôpital, Vic s'occupe beaucoup de Justino. Méfiez-vous des enfants : ils ont de la suite dans la générosité.

— Mais comment êtes-vous venus ?

— Sur la bécane de Victor. Même qu'on a ri comme des bossus, a raconté Justino.

Les bossus se sont regardés avant de recommencer et le rire de Justino, quand bien même il me semblait

forcé, était tellement bon à entendre que je n'ai pas jugé le moment opportun pour leur rappeler le code de la route.

– Ton papa sait-il au moins que tu es là ? ai-je demandé du ton le plus sévère possible.

– J'ai laissé un mot sur la table de la cuisine.

– Est-ce qu'on peut dîner et dormir ici tous les deux ? Charlotte est d'accord et j'ai descendu mon régime, a décidé Victor.

Nous venions de nous mettre à table lorsque Thibaut a appelé pour savoir si son fils avait moins mal au ventre – première nouvelle ! Depuis quelques jours, m'a-t-il expliqué, il le retrouvait chaque soir plié en deux. Je l'ai rassuré : de ce côté-là, ça avait l'air d'aller. Ça se tenait droit comme un I en face de son grand-père (comme pour se faire pardonner les « sales mots » de tout à l'heure). Je brûlais de demander à Thibaut comment son fils pouvait avoir eu connaissance des tracts mais ce n'était pas le moment. Demain !

Le dîner a été détendu. Plutôt que de partager notre risotto (aux cèpes), Justino, par solidarité avec Victor, a décidé de participer à son régime, s'exclamant toutes les deux bouchées que le jambon sans sodium, les légumes débarrassés de leur potassium, le Saint-Léger allégé et le flan en poudre, ce n'était pas si mauvais que ça et même plutôt bon. Victor s'est montré très patient ! Devant cet état de choses, je n'ai pas jugé utile de proposer mon financier.

Vers neuf heures du soir, c'est Diane qui m'a appelée, surexcitée ! Elles venaient, Marie-Rose et elle, de découvrir un élément qui leur semblait crucial : les trois cartons avaient été trouvés par Thibaut un mercredi après-midi ! Et ceci trois mercredis de suite ! Et L'Étoile était toujours fermée le mercredi

matin, Thibaut suivant une formation de psy à Rouen. Et quel jour sommes-nous, s'il te plaît ?

En conséquence, elles avaient décidé de surveiller L'Étoile demain matin, voulais-je être des leurs ?

– Et qui vous dit qu'il ne met pas son torchon la nuit ? ai-je aboyé.

J'étais furieuse qu'elles aient trouvé ça sans moi : il me semblait qu'elles complotaient dans mon dos. Et j'étais furieuse d'être injustement furieuse contre mes amies. Décidément, cela n'allait pas. « On verra bien, a conclu Marie-Rose. Nous irons tôt et s'il n'y a rien dans la boîte, on planque. Tu viens ? »

« Planquer... » Pour qui se prenaient-elles ?

Une fois les enfants montés dans leur chambre, Grégoire m'a raconté sa conversation avec Justino. Il en était encore tout retourné. « Tu te rends compte ? Il voulait savoir s'il était un ''vrai'' Français ! Il m'a demandé si, quand il serait grand, on l'obligerait à retourner au Brésil. Mais qui a pu lui mettre ça dans la tête, tu comprends, toi ? »

Je n'y comprenais rien mais quelque chose me disait que ça collait avec la « putain viet »... Je ne lui en ai pas parlé. Il était assez énervé comme ça. Et lui-même ne cherchait-il pas à m'épargner en ne me répétant pas les mots « raton » et « crouille » (avec un R) que j'avais pourtant entendus il y a un instant ?

Je suis montée embrasser mes garçons avant l'extinction des feux. Justino est devenu pivoine lorsque je lui ai demandé des nouvelles de son ventre. Il avait, comme toujours, dressé un autel sur sa table de nuit : une vierge en plâtre rose, une photo de son père et d'Estrella, une de Grégoire en uniforme. Moi ? Dans le baba ! Sans rancune, j'ai caressé les espèces de plumes de geai qu'il a sur le crâne, puis les boucles claires de Victor.

– Je suis vraiment une grand-mère gâtée, ai-je constaté.

– Le Pacha t'a fait un cadeau ? a demandé Justino avec espoir.

– C'est vous qui êtes mes cadeaux ! Un Ruskoff et un Indianos, quelle grand-mère normande pourrait-elle en dire autant ?

Victor a éclaté de rire. Après une seconde d'hésitation, Justino m'a gratifiée d'un timide sourire. Je les ai embrassés très fort, en murmurant « merci » à l'oreille du Ruskoff puis je suis descendue à la cuisine où j'ai préparé un plateau : infusion et pâtisserie. Nous nous sentons des goûts anglais, Grégoire et moi, le soir, avant de nous coucher. J'ai posé le tout sur la table basse, devant mon mari qui suivait un western d'un œil endormi. L'œil s'est ravivé en découvrant le paris-brest.

– Et qu'est-ce qui me vaut cette faveur ? a-t-il demandé tout content.

Marguerite, d'une certaine façon ! Mais je me suis gardée de le lui révéler, inutile de lui donner des idées ! Voyant la douleur de mon amie d'avoir perdu son homme, l'envie m'était venue de gâter le mien, c'est humain. Et, le regardant savourer sa crème fouettée, je me félicitais que pendant ce temps, il ne songe pas à d'autres gourmandises.

J'ai très mal dormi. Les tracts n'arrêtaient pas de tomber dans ma tête. Si Grégoire n'avait pas fait le lien avec les « sales mots » de son petit-fils, c'est qu'il n'avait vu que le premier : *Les bronzés, les foulards, dehors !* En somme, le plus aimable. Aurais-je dû lui parler des autres ? « Inutile d'inquiéter papa avec cette histoire, m'avait conseillé Thibaut. A son âge, son cœur... » Mais qu'est-ce qu'il avait, le cœur de

mon Vermeil ? Il allait très bien ! Jamais de défail-
lance. Un bon vieux battant de marin, à toute
épreuve, comme lui !

Charlotte est descendue partager notre petit
déjeuner. Justino a fait un sort à mon financier,
Victor, lui, n'a touché à rien, bien décidé à se rattraper, avec « le meilleur des meilleurs » à l'hôpital.
L'ambulance l'a pris à huit heures.

— Si tu venais avec moi bricoler chez Audrey ? a
proposé Grégoire à Justino.

Il construisait une bibliothèque dans la chambre de
Tim, Jean-Philippe étant incapable de planter un clou
sans s'arracher la main. « Je préfère rentrer faire mes
devoirs à la maison », a répondu le petit. Et pour
déjeuner ? Tout était organisé : il trouverait ce qu'il
fallait dans le réfrigérateur, il y avait même un Coca !
Mon cœur s'est serré : la grise organisation des maisons sans mères.

Le mercredi après-midi est jour de Scrabble pour
Grégoire. Il m'a avertie qu'il se contenterait, à midi,
d'un en-cas chez l'un ou l'autre de ses amis. Je
connais les en-cas de la marine : ils flairent bon le
pied-paquet, la queue de cochon bonne femme, le
bœuf en daube. Je pouvais prévoir un dîner léger.

Avec tout ça, il a oublié de s'enquérir de l'emploi
du temps de sa femme, une chance ! Autant que
possible, sauf par omission et parfois par charité,
j'évite de mentir à cet homme transparent.

CHAPITRE 15

En tenue de combat – survêt et baskets – Marie-Rose m'attend à *L'Ancre*, face à L'Étoile où, m'apprend-elle, Diane « planque » à côté de la boîte à lettres. Celle-ci était vide lorsqu'elles sont arrivées, dès huit heures ce matin.

– Tu vois, on a nos chances ! Si le papier rouge tombe, Diane nous avertira aussitôt et ce sera à nous de jouer : suivre le salaud, l'arrêter au besoin. Nous aviserons selon l'individu.

L'œil de la brocanteuse brille et elle piaffe d'impatience.

– Ça ne te rappelle rien, ma chérie ?

Il y a deux ans, des jeunes dealers qui menaçaient Timothée et que nous avions – cours de *self-defense* aidant – envoyés au tapis. Mais à l'époque j'étais partante, Tim était en danger, rien n'aurait pu m'arrêter, tandis que ce matin je me sens mal à l'aise, sans ressort : la mauvaise nuit que j'ai passée ? Et les mots de Justino, hier, la dispute avec son grand-père, me tournent dans la tête. Il faut absolument que j'en parle à mon fils. A ce propos...

– Avez-vous au moins averti Thibaut de votre brillante idée ?

– Notre brillante idée, c'est seulement hier soir

qu'on l'a eue, se rebiffe Marie-Rose, et l'une de ses composantes est que ton fils n'est jamais là le mercredi matin. On lui en parlera cet après-midi, résultat ou non. Et toi, tu as mis Grégoire au courant ? ajoute-t-elle avec perfidie.

Je ne juge pas utile de répondre.

La rue est plutôt calme, bordée d'immeubles pour la plupart vétustes. On devine, derrière les fenêtres, des postes de télévision allumés. Thibaut n'habite pas loin, une maison guère plus reluisante que celles-ci mais son appartement est spacieux, avec vue sur le bassin Saint-Pierre. Des femmes vont au marché, traînant des ribambelles de gosses. Certaines portent le foulard. Dès qu'apparaît un homme (non basané), la main de Marie-Rose vient agripper mon bras. Nous retenons notre souffle jusqu'à ce qu'il soit passé, espérant, redoutant qu'il s'arrête. Je suis prise au jeu.

– Quand même, il est venu trois mercredis de suite, maugrée mon amie. Tu avoueras que ce serait pas de chance s'il séchait celui-là !

Elle s'interrompt : un jeune, casque de moto sous le bras, s'est arrêté devant L'Étoile. Il se penche sur la plaque. Ses cheveux sont courts, très courts. Marie-Rose est déjà debout. Mon cœur bat. Mais notre suspect passe son chemin et elle retombe sur sa chaise.

– J'aime mieux ça. Elle rit : Il n'était pas prévu dans la brillante idée que le généreux donateur soit motorisé, on est nulles.

Et le café est toujours aussi insipide. Il y a huit jours – *Négros, crouilles, ratons, barrez-vous*, j'étais ici avec Thibaut. Nous venions de rencontrer le Caïman. « Ne vous en mêlez pas », m'avait-il ordonné. Commissaire, je n'ai aucune envie de m'en mêler, ce sont les autres...

– Dis donc, ça n'a vraiment pas l'air d'aller, toi ! constate Marie-Rose.

Je me fais violence pour répondre :

– Je me demande si Justino n'a pas découvert les tracts. Hier soir...

– Quand on parle du loup... m'interrompt mon amie.

Ne prononcez plus jamais cette phrase devant moi : elle a fait tomber le ciel sur ma tête !

Justino marche vers L'Étoile, rasant le mur, jetant des regards méfiants autour de lui comme s'il avait peur d'être suivi, comme s'il s'apprêtait à faire un mauvais coup. Je me lève. Il faut l'avertir que nous sommes là.

– Attends, dit Marie-Rose en prenant mon bras.

Attendre quoi ? Justino a la clé de L'Étoile, il va entrer, c'est évident.

Il n'entre pas. Durant quelques secondes, il se colle à la porte, puis se retourne et rebrousse chemin au grand galop.

La porte s'ouvre et Diane apparaît, brandissant un papier rouge. Nous voyant toujours à *L'Ancre*, elle se fige quelques secondes avant de traverser la rue en courant pour nous rejoindre.

– Vous l'avez vu ? Pourquoi ne l'avez-vous pas arrêté ? Qui est-ce ?

– On va t'expliquer ça, dit Marie-Rose.

Nous sommes à L'Étoile, assises devant une table couverte de dessins d'enfants. La honte, l'incrédulité, l'impression d'être statufiée, voilà, à peu près, ce que j'éprouve : statue de sel, cœur de plomb. Mes amies se taisent. Leur silence est pire que tout : il souligne la gravité des choses, il accuse. Je les défie du regard.

– Bravo ! On peut dire que vous avez tapé dans le

mille. Et, au moins, on saura maintenant pourquoi ça se passait toujours le mercredi !

Ça ne les fait pas rire. Où est passé ton humour, Marie-Rose ? Ta colère contre le « salaud », Diane ? Le nouveau tract est posé devant nous, retourné. Je ne veux pas le lire. C'est Justino, mon petit-fils, mon petit garçon, qui mettait ces horreurs dans la boîte à lettres de son père ! C'est lui qui, depuis trois semaines, nous laisse mariner dans le jus de la violence et de la haine. « Crouille... sans R, je sais. Avec un R, on ne m'a pas dit... » Vraiment ? Justino serait capable de tant d'hypocrisie ?

Un jour, une amie effondrée était venue me raconter que la police l'avait convoquée : son fils cambriolait les résidences secondaires. Il en avait plusieurs à son actif. Elle ne s'était jamais doutée de rien. Et voici qu'il était là, devant elle, menottes au poignet, un inconnu ! « Ce n'était pas lui », m'avait-elle dit.

Ce n'était pas Justino tout à l'heure.

Diane pose la main sur mon épaule. Je me rétracte. Pas de caresse, pas de pitié, s'il vous plaît. J'ai envie d'être seule. Rentrer chez moi, ne voir personne. « Et même envoyer tout le monde au diable », comme Victor lorsqu'il a trop mal.

— J'y vais, décide-t-elle. A trois, ça ferait tribunal ! On discute un peu, ensuite je vous le ramène, d'accord ?

D'accord ! Pour tout ce que vous voudrez. Moi qui ne supporte pas qu'on agisse à ma place, qui vais toujours trop vite, quitte à mettre les pieds dans le plat – demandez à Grégoire – cette fois, je déclare forfait. Frapper à la porte de Justino, lui dire : « C'est toi, on t'a vu », impossible ! Pas la force, ni le courage, ni même la colère. Puisque je vous dis que ce n'était pas lui !

Diane referme la porte comme celle d'une chambre de malade. On entend claquer ses talons dans la rue. J'ai fermé les yeux, je la suis. Au croisement, vous tournez à gauche, vous passez l'épicerie arabe, si pratique le dimanche, et c'est la première porte cochère. Quatre étages à monter. Le nom est inscrit près de la sonnette, le mien : Rougemont. Oh ! Justino ! Marie-Rose m'apporte un verre d'eau. Statue de sel, je suis morte de soif. Je suis morte tout court.

Elle retourne le tract, le triture.

– Mais nous sommes complètement tarées, s'exclame-t-elle soudain.

Je la regarde, prête à accueillir n'importe quel espoir.

– Il fait ça pour quelqu'un bien sûr ! Tu le vois, ton gamin, imprimer ces machins tout seuls ? Ronéotyper ? Je veux bien qu'il soit doué, mais quand même... Ma main au feu qu'il y a une explication toute simple !

Métèques, bougnoules, vermine, barrez-vous.

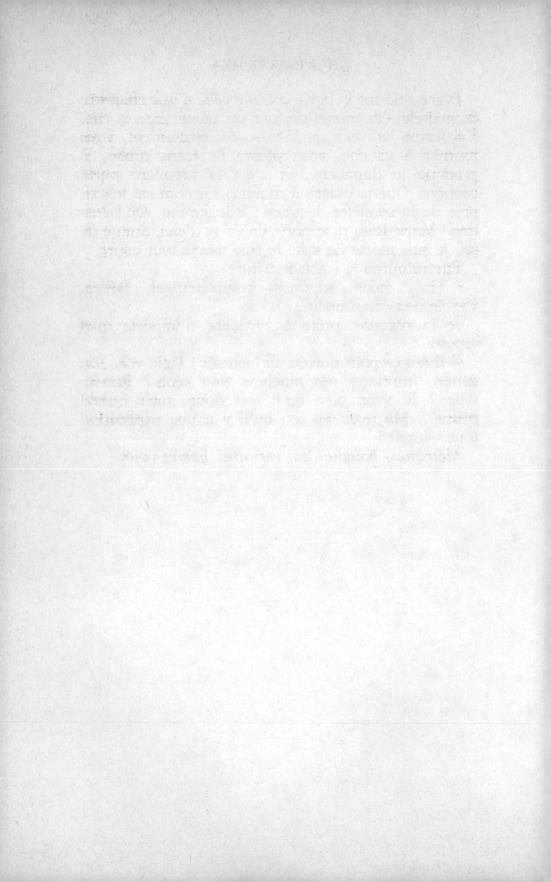

CHAPITRE 16

Toute bête, toute simple, à l'image de la vie où le fort persécute le faible, où le renard mord dans la chair tendre du petit lapin, où les grands arbres prennent la lumière des plus modestes. Mais avec en plus la cruauté, la lâcheté.

Il s'appelait Marcel Bluchard. Il avait une soixantaine d'années et habitait le même immeuble que Thibaut : une chambre mansardée au-dessus de l'appartement de mon fils. Seul, aigri, oisif depuis une préretraite imposée, il avait besoin pour accepter son existence minable de se dire que les autres en étaient responsables. Le travail qu'il avait perdu, la fortune qu'il n'avait jamais eue, l'appartement qu'il aurait, selon lui, mérité, on lcs lui avait volés. « On ? » Les bougnoules, les rats, les crouilles, les étrangers comme celui avec lequel avait filé sa femme.

Rien ne trouvait grâce aux yeux de Marcel Bluchard. Il cultivait l'envie, le mépris et la haine. Celle-ci s'était cristallisée sur le logement du dessous, trois fois plus spacieux que sa chambre, où vivaient la « putain viet » avec laquelle il s'était disputé lors d'une requête qu'il avait faite à l'assistante sociale, le barbu à cheveux longs qui avait ouvert un foyer à rats dans SON quartier et le petit basané timide et doux, à l'accent de velours, qui rentrait chaque jour seul de l'école et aimait à gratter sur la guitare de son père.

Tout cela, nous l'apprendrions plus tard, de la bouche du Caïman, après un interrogatoire où Bluchard n'exprimerait ni regret ni remords. Pour l'instant, le petit basané, réfugié dans mes bras, le petit garçon sans mère pour l'accueillir le soir à la maison, nous racontait entre deux sanglots son calvaire.

Marcel Bluchard l'avait élu comme souffre-douleur. Lorsqu'il rentrait de l'école, il frappait au plancher pour lui ordonner de monter se mettre à son service. C'était Justino qui vidait le seau hygiénique de ce salaud, faisait sa vaisselle pourrie, lavait son carrelage de merde. « Et si tu parles de moi à ton père ou à la putain viet, je fais sauter le foyer à rats en choisissant un moment où tout le monde y sera. »

Bluchard avait montré à l'enfant la grenade qu'il cachait dans son placard ainsi qu'un fusil de chasse. Il l'avait obligé à la prendre dans sa main : « Babou, elle était lourde, si lourde, il y avait la mort dedans... » Ce ne serait pas difficile ! Le jour où Justino cesserait de lui obéir au doigt et à l'œil, ou s'il lui venait la mauvaise idée de parler de lui à son père, il lancerait son joujou par la fenêtre de L'Étoile et boum ! Terminé ! Nettoyé ! Sur l'écran de télévision, Justino avait vu exploser des centaines de grenades comme celle-là, il avait vu les corps déchiquetés, il avait entendu les cris, aussi n'avait-il eu aucun mal à imaginer les dégâts. Alors, il s'était tu. Il avait subi sans rien dire les injures et l'humiliation, vidé le seau et fait la vaisselle, mais, épouvanté à l'idée du danger que courait son père, il avait dérobé une poignée de tracts rouges, cachés avec la grenade dans le fameux placard, et depuis trois semaines, chaque mercredi matin, il les glissait un à un dans la boîte de L'Étoile. Son calvaire durait depuis la rentrée.

Plus de deux mois ! Presque soixante-dix jours de souffrance et de terreur qu'il avait enfermées dans sa poitrine de petit garçon, comme s'il ne faisait pas confiance aux grandes personnes pour le tirer des griffes de son tortionnaire. Pourtant, elles étaient là, les grandes personnes, nombreuses, attentives, aimantes autour de lui, mais non ! La peur des représailles avait été la plus forte, ainsi sont les enfants qui, partout, souffrent et se taisent. Ils taisent l'arnaque à l'école, ils taisent les coups à la maison, ils taisent l'inceste, ils répriment farouchement leurs cris, parfois jusqu'au dernier : celui qu'ils poussent en mettant fin à leur vie dans un silence qui fait éclater nos cœurs. Thibaut était là qui voyait Justino chaque jour, nous étions là qui le recevions chaque fin de semaine et pourtant nous étions restés à cent lieues de la vérité. « Il est nerveux... Il a mal au ventre... Ses notes chutent à l'école... » Mais que faut-il faire, mon Dieu, pour que la violence ne soit pas toujours la plus forte, pour donner à nos enfants le courage de parler ?

Marie-Rose se déchiquetait les ongles, le Rimmel de Diane faisait des traces sombres sur ses joues, détruisant le savant maquillage, j'étais pétrifiée par l'horreur et le remords.

— Babou, est-ce qu'il va la lancer, maintenant, sa grenade ? a-t-il chuchoté.

Marie-Rose a répondu avant moi :

— Ça, pas de danger ! C'est lui qu'on va faire exploser. Bonjour, le charnier !

Elle a le don, avec ses outrances, de faire rire Justino, cette fois, il n'a pas pu. Elle s'est tournée vers moi :

– Et maintenant ?

Le message était clair : « Qu'est-ce qu'on attend pour y aller ? » Mais les messages, depuis le temps, Diane les capte elle aussi sept sur sept. Elle a lâché mouchoir et poudrier et s'est précipitée vers la porte qu'elle a barrée de son corps. Diane adore les situations théâtrales : en classe, elle tenait toujours le rôle de Phèdre.

– Cette fois, pas question que vous régliez ça toutes seules ! Vous n'avez pas entendu pour les armes ? C'est un fou, ce type, il faut appeler le Caïman.

– On le sait bien que tu es amoureuse du Caïman, a trouvé le moyen de plaisanter Marie-Rose, mais ce n'est pas toi qui nous empêcheras...

– Ni le Caïman ni nous !

Toutes deux se sont tournées vers moi, stupéfaites. Justino aussi me regardait. J'ai pris dans mes mains ses poignets minces, si minces.

– Que dirais-tu si j'allais chercher le Pacha ?

Puisque nous ne pouvions joindre Thibaut, c'était à Grégoire de décider ce qu'il convenait de faire, je le sentais au plus profond de moi. Et aussi que si j'agissais sans lui, cette fois il ne me le pardonnerait jamais. C'était son Justino ! Et moi non plus, jamais je ne me le pardonnerais. Mais alors que j'attendais un « oui » enthousiaste de l'enfant, un nouveau sanglot m'a répondu :

– Babou, hier j'ai voulu lui parler et il s'est mis en colère.

– Mais comment voulais-tu qu'il devine ? Tu parlais petit nègre.

Mon cri du cœur en forme de « petit nègre » l'a laissé incertain. Puis il a eu cette phrase inouïe d'humour et de courage qui m'a rassurée un peu pour la suite. Il a dit :

– Ça se peut donc, un Indianos qui parle petit nègre ?

Et il semblait ne plus savoir lui-même s'il devait rire ou pleurer. Marie-Rose était écroulée, le Rimmel de Diane recommençait à couler.

La colère du Pacha, hier, était une raison supplémentaire pour lui confier le commandement des opérations. Sinon, ce serait à lui qu'il s'en voudrait toute la vie de n'avoir pas été devin.

J'ai ordonné à mes Grâces de garder Justino, de ne pas le quitter d'un pouce, de lui offrir tout ce qu'il voudrait, même la lune s'il la réclamait, puis j'ai enfourché ma Rugissante et j'ai filé chez Audrey.

CHAPITRE 17

C'est Grégoire qui m'a ouvert, en bras de chemise, tournevis à la main. Apparemment, il était seul. Les enfants Réville ont une foule d'activités le mercredi : la joyeuse organisation des mères à la maison. Son sourire s'est effacé en me voyant.

– Mais que fais-tu là ?

J'ai essayé de répondre, en vain. Parce que c'était lui, parce que c'étaient nous, les larmes montaient enfin et m'étouffaient, et me libéraient. Il a ouvert les bras. Je m'y suis précipitée. Il caressait mes cheveux.

– Du calme... du calme... Que s'est-il passé ?

Plus tard, il m'a avoué qu'à cet instant il avait prévu le pire et que le pire était venu lorsquc j'avais prononcé le nom de Justino.

« Il est mort ? » a-t-il crié et j'ai senti s'emballer son cœur, je l'ai senti cogner contre ma poitrine à grands coups de butoir. Cela m'a donné la force de crier à mon tour : « NON. » Et j'ai même ajouté dans une sorte de rire : « Il va très bien. Tout le monde va bien. »

Le pauvre devait n'y rien comprendre. Il a eu un immense soupir et il m'a traînée jusqu'au canapé du salon. Dans ces moments-là, Grégoire a toujours le même réflexe, j'ai le regret de le dire : la bouteille ! En le voyant fourrager dans le bar de Jean-Philippe et brandir triomphalement de l'alcool de poire – le seul que je supporte avec la vodka –, je sentais monter dans ma détresse comme un sourire qui la dissipait, mon mari, mon Cœur.

– Maintenant, explique-toi !

J'ai tout dit : les coups au plafond, les corvées, l'humiliation, les menaces, bronzé, raton, la grenade, la terreur d'un enfant, les tracts. Il me semblait sentir encore se soulever contre ma poitrine, telle une lame de fond, le cœur de mon pauvre vieux. Il s'était levé – il y a des choses impossibles à entendre dans le confort d'un canapé – et, inlassablement, il « faisait le quart », la mâchoire cadenassée, les maxillaires comme deux poings en bas de ses joues, une grosse veine battant à son cou. Ah ! il ne lui serait pas venu à l'esprit, cette fois, de me dire que je faisais des montagnes de rien, que j'avais l'art de me mettre dans des histoires pas possibles, que j'aurais mieux fait de ne pas m'en mêler ! C'est moi qui, essayant de calmer le jeu, lui ai raconté le « petit nègre », mais il n'a pas semblé entendre.

– Est-ce que Thibaut est au courant ? a-t-il demandé lorsque j'ai eu terminé, de cette voix qu'ont les hommes qui s'empêchent de pleurer.

– Thibaut est à Rouen. Il ne rentre que cet après-midi ?

– Et le petit ?

– A L'Étoile. Marie-Rose et Diane s'occupent de lui.

– Bien ! a-t-il dit.

Il a remis sa cravate, sa veste. Comme il enfilait sa gabardine, je me suis levée pour le suivre.

— Toi, tu restes ici ! Je n'en ai pas pour longtemps, après, je reviens.

Il avait déjà les clés de sa voiture dans la main. Il a fermé la porte bien trop doucement pour que ses intentions soient honnêtes.

J'ai repris place sur le canapé. Soudain je me sentais vide, absente de moi-même : j'avais passé le flambeau à Grégoire, il s'occupait de tout. Mais alors, pourquoi cette gêne ? Machinalement, j'ai rangé la bouteille, lavé les verres. La poire brûlait encore ma gorge. Ma montre indiquait midi, déjà ! Je suis passée par la chambre de Tim ; il y avait de beaux trous bien réguliers dans le mur, Grégoire avait commencé à cheviller. La perceuse était encore branchée, ce qui n'est pas particulièrement indiqué dans une maison pleine d'enfants ! Je l'ai remise dans son carton. De toute façon, ce ne serait sûrement pas aujourd'hui que Tim aurait ses étagères. « Après, je reviens », avait dit Grégoire. C'est mon cœur à moi qui a joué les lames de fond.

J'ai foncé hors de l'appartement, sauté dans ma Rugissante. A nouveau, tout Caen à traverser. Il avait un bon quart d'heure d'avance sur moi. Chaque minute me semblait une éternité.

Son paquebot n'était pas devant L'Étoile, je m'y attendais. J'ai appuyé sur le klaxon jusqu'à ce que Marie-Rose apparaisse. « Le Caïman, vite ! » lui ai-je crié. J'étais trop loin pour entendre sa réponse.

Il y avait déjà des curieux, nez en l'air, devant l'immeuble de Thibaut et, du vestibule, j'ai entendu les cris de Bluchard. A chaque étage, les gens se tenaient devant leurs portes ouvertes d'où s'échappaient des odeurs de cuisine. Ce charivari dans ma poitrine, cette respiration de noyée, c'était ma plainte et ma prière. Là-haut, on renversait des meubles, on cassait de la vaisselle. Je n'avais pas envie de voir.

Ils étaient tous les deux sur le sol, se cognant dessus comme des sauvages, l'un aux cheveux blancs, l'autre aux cheveux gris, leurs visages déjà sérieusement amochés, le mien silencieux et, en quelque sorte, méthodique, appliqué, l'autre hurlant comme un cochon qu'on égorge, se défendant dans le désordre. Je n'avais jamais vu mon mari se battre et faites, mon Dieu, que je ne le revoie jamais. C'était à la fois insupportable et ridicule, j'avais envie de leur crier : « A quoi jouez-vous ? Pas à votre âge, pas vous, pas toi ! »

Les séparer...

Les séparer ?

J'ai fait un pas dans la pièce, poussée par le Samouraï. Je me suis arrêtée (le mien avait nettement le dessus). Je n'avais pas le droit de lui voler sa vengeance, l'assouvissement de sa colère et de son remords. Car, s'il réglait le compte de l'ordure qui s'en était pris à son petit-fils, il réglait aussi celui du grand-père qui, hier soir, n'avait pas perçu l'appel de Justino, lui avait ordonné : « Tais-toi ! » Mais lorsque j'ai entendu dans la rue, enfin, enfin ! les sirènes de la police, je me suis penchée à la balustrade de l'escalier et j'ai crié : « Vite, plus vite ! » Aucune envie, même pour la bonne cause, d'avoir un assassin dans la famille.

Ils étaient trois, en plus du Caïman. Ils ont arraché Bluchard à Grégoire. « Messieurs, voyons, messieurs... » Non, Bluchard n'était pas un monsieur ! Ils ont obligé mon mari à s'asseoir sur le bord du lit et un flic est resté à côté pour le surveiller. L'autre était étendu sur le sol, sans mouvements, les yeux fermés.

J'ai été soulagée de voir sa poitrine se soulever. A côté de lui, le Caïman parlait dans son talkie-walkie.

Mon Grégoire respirait comme un vieux soufflet percé. Du sang coulait de son sourcil gauche, largement ouvert. A part ça, plaies et bosses variées. Les mots refusaient de me venir pour dire ce que j'éprouvais alors je lui ai tendu mon mouchoir et, en portant mes doigts à ses lèvres, il m'a répondu la même chose : que finalement, entre nous, c'était irréversible. Il l'a même scellé avec un peu de son sang. Après quoi, ce spécialiste de la douche écossaise a sorti de sa poche son étui à lunettes et vérifié que les verres n'étaient pas cassés, quel drôle d'homme !

Cela empestait dans cette chambre, je m'en apercevais seulement : le contenu du seau près du lit, le seau réservé à Justino ! Je suis allée ouvrir le placard. « Venez voir », ai-je dit au commissaire.

La grenade était dans une boîte à chaussures, le fusil de chasse derrière de gris vêtements de rat et il y avait assez de cartons rouges pour pourrir l'ambiance de toutes les étoiles du ciel. « Puis-je vous aider dans votre enquête, inspectrice ? » m'a demandé le Caïman.

Pompiers, SAMU et voitures de police bloquaient toute la rue lorsque nous sommes redescendus. La moitié du quartier était massée devant l'immeuble, Justino aux premières loges. Mes « Grâces » ont prétendu qu'après mon passage éclair, elles n'avaient pu le retenir. La curiosité aidant, je ne pense pas qu'elles y aient mis grande énergie.

Il n'a pas eu un regard pour les uniformes, ni pour celui qu'on transportait sur un brancard. Il n'avait d'yeux que pour Grégoire, raide comme justice rendue, mon mouchoir rougi de sang, pressé sur son sourcil éclaté, et deux fins ruisseaux de larmes coulaient sur ses joues mates.

Le grand-père s'est arrêté. Il a pris dans sa patte l'épaule du petit-fils. « On a quand même fini par l'avoir, ce dégueulasse », a-t-il dit. Et j'ai su que, même en lui décrochant la lune, il me fallait cette fois perdre tout espoir de rattraper un jour le Pacha dans le cœur de l'Indianos.

CHAPITRE 18

Lui : quatre agrafes à l'arcade sourcilière, deux côtes fêlées, pouces, genoux, épaules en état d'arthrose aiguë, sommeil excellent, moral au beau fixe.

Elle : crise de foie carabinée, plexus solaire enflammé, accès d'angoisse, sommeil troublé par d'affreux cauchemars où le cœur de l'homme de sa vie se transforme en tambour.

Elle lui a demandé de lui promettre de vivre encore très longtemps. Interdiction de la précéder au cimetière. Que ferait-elle sans ses doux ronflements nocturnes, ses inénarrables fureurs en la voyant (exprès pour embêter ce maniaque) presser par le milieu le tube de pâte dentifrice, et ses brusques manières de pirate qui la font, dans ses bras, se sentir Angélique ?

Il a élargi (comme il a pu) ses mâles épaules : « Ma pauvre vieille, tu sais bien que je t'enterrerai ! » Voilà un homme qui sait parler aux femmes : elle a tout de suite mieux respiré.

Le Caïman nous a fait l'honneur d'une visite à domicile. Nous étions encore tous les deux alités, sur des couches de fortune au salon, soignés par nos chères filles ravies d'avoir à leur merci leurs deux vieux à la fois. Après le récit de la vie sordide de Marcel Bluchard – on avait découvert d'autres armes dans sa chambre –, il nous a laissé entendre que celui-ci serait libre dans une quinzaine. Il avait averti Thibaut. « Je lui ai conseillé de déménager. Non que Bluchard représente encore un danger – la leçon a porté – mais le petit oubliera plus facilement ce qui lui est arrivé s'ils ne se croisent pas dans l'escalier. »

Voilà donc notre société : ce sont les victimes qui doivent céder le terrain aux bourreaux ! « Si j'avais su, j'aurais cogné plus fort », fulmine mon pacifique Grégoire avec des mines gourmandes.

En dehors de toute autre considération, je soupçonne cet homme de tête d'avoir trouvé un certain plaisir à se faire pour l'occasion homme de main !

Aujourd'hui, samedi, il a convoqué tous les gamins à *La Maison*. Cinq heures précises, adultes non admis, une exception pour l'épouse à condition qu'elle se contente du rôle d'observatrice.

Ils sont là tous les huit (Tatiana, trop jeune, a été consignée à *La Géode*), assis autour de lui dans le salon. De Dimitri l'aîné, à nos inséparables Adèle et Capucine. On les sent intimidés. C'est la première fois que Grégoire prend ce genre d'initiative. Lorsqu'il a des choses à leur dire, il préfère voir chacun en particulier. Les regards se portent instinctivement sur l'arcade sourcilière du héros. L'histoire de Justino les a, bien sûr, tous passionnés. C'est avec l'accord du petit et pour en tirer les leçons que le grand-père les a réunis.

– Nous allons d'abord parler du chantage, attaque celui-ci après avoir réclamé le plus grand silence. Un chantage, Bluchard n'a rien fait d'autre avec Justino : « Tu obéis ou je fais sauter L'Étoile. » Et, il y a deux ans, Timothée en a été, lui aussi, victime de la part de dealers : « Tu fermes ta gueule ou gare à la belle bagnole de ton père. »

Peu habitués à ce genre de langage dans la bouche de leur aïeul, les enfants retiennent leur souffle.

– Eh bien, poursuit Grégoire, des maîtres chanteurs, il y en a à tous les coins de rues et chacun d'entre vous risque d'en être un jour la proie.

Et ce qu'il veut leur dire ce soir, et qu'ils se le mettent bien dans la tête, c'est que face à un maître chanteur, il n'y a qu'une seule réponse : PARLER ! Parler tout de suite, dénoncer, crier, appeler.

– Si on vous arnaque à l'école, parlez ! Si on vous menace, parlez ! Parlez même si vous avez fait une grosse bêtise et que quelqu'un en profite pour vous persécuter. Parlez, parlez, parlez !

Ils en restent sans mots ! Moi aussi ! Mais, moi, c'est parce qu'une certaine pipe – bruyère des Maures, écume de mer – n'est plus à la place d'honneur qu'elle occupe depuis cinq ans sur la cheminée, mais entre les dents du Pacha ! Ce ne serait qu'une fausse alerte, un geste distrait ou nostalgique comme cela lui arrive parfois, s'il n'était en train de la bourrer de tabac – et un tassement de l'index ! et une finition au petit doigt ! – avant de l'allumer avec ces gestes de pros qu'ont à jamais les accros du « gros bleu ». Bouche bée, l'assistance peut voir à présent l'orateur en tirer les premières bouffées (en évitant de regarder dans la direction de l'observatrice) avant de demander, d'une voix altérée par le bonheur de l'infraction :

– L'un de vous a-t-il une réflexion à faire ?

L'observatrice, et comment ! Mais promesse oblige, elle se tait, et c'est Adèle qui lève le doigt.

– La maîtresse nous a dit pareil que toi l'autre jour. Elle nous a dit que si quelqu'un, même de la famille, nous faisait du mal, ou, au contraire, s'il nous faisait trop de câlins, par exemple la nuit quand on dort, il fallait le dire tout de suite, ça s'appelle « l'inceste », même qu'Arthur a compris « l'insecte » et on a tous bien rigolé. On a écrit le numéro vert gratos sur un cahier pour appeler si ça arrive et après on nous embêtera plus.

Sur ce, la voilà qui, à l'idée de « l'insecte », pouffe avec Capucine tandis que les cousins, ne sachant que penser mais ne voulant surtout pas être en reste, s'esclaffent à tout hasard d'un air entendu.

Puis c'est Victor qui se décide.

– Si on te disait qu'on nous fait chanter, est-ce que tu te battrais aussi pour nous ? demande-t-il au Pacha tout en adressant mille grimaces aux autres afin de dissimuler l'importance de la question.

Justino est le fils de Thibaut, donc un « vrai », mère brésilienne ou pas. Alors qu'eux, les Karatine, avec leurs deux parents russes ne sont que des bouts rapportés, des « rustines ». Et ne vous faites pas d'illusions ! Ce n'est pas parce que vous les traitez comme les autres qu'ils ne calculent pas leur place exacte dans la famille. Ils n'arrêtent pas : de vrais calculs d'apothicaires... Bref, Dimitri veut savoir si son « pas vrai grand-père » mettrait en danger son autre sourcil s'il s'agissait des Ruskoffs. Anastasia se ronge les ongles, Dimitri prend des airs absents, une bonne odeur de tabac se répand dans la pièce.

– Dans ce genre d'histoire, c'est à la police ou à la justice qu'il appartient d'agir, répond Grégoire. Mais, comme vous l'avez constaté, il arrive qu'on se laisse emporter par les événements. Cependant, ajoute-t-il après une courte pause, je suis prêt à rempiler demain pour chacun d'entre vous.

Et neuf poitrines (dont la mienne) se sont dilatées.

Neuf personnes se sont senties reconnues puisque dignes d'être l'exception pour laquelle quelqu'un d'aussi épatant que le Pacha risquerait sa peau.

– A présent, je vais vous parler de la France, a-t-il annoncé.

Le ton a changé, plus sourd, rocailleux, comme s'il allait chercher les mots là où prennent les racines, et que chacun revenait avec un peu de terre de la patrie.

Les enfants devaient savoir qu'ils avaient une veine de pendus d'habiter ce pays superbe, riche et libre. Beaucoup nous enviaient et des quantités de gens moins gâtés rêvaient de venir s'y installer, ce que d'ailleurs ils faisaient, officiellement ou en cachette.

Il s'est interrompu pour laisser Normands, Ruskoffs et Indianos se congratuler, tout fiers de vivre si bien – et officiellement en plus – sur le sol français.

– Maintenant, a-t-il repris, imaginez cette maison et ce jardin. Nous y sommes nombreux mais ça ne se passe pas trop mal parce que nous avons les mêmes habitudes, une façon de vivre proche. Quand ça grince, nous pouvons nous expliquer parce que nous parlons une même langue. Bref, il y a juste assez de disputes pour entretenir l'ambiance (rires). Mais imaginez que demain nous nous disions : ne soyons pas égoïstes, ouvrons notre porte à tous ceux qui sont mal logés et n'ont pas de jardin ; bien sûr, ils se précipiteraient, il n'y aurait plus assez de place pour tout le monde, ce serait la bagarre généralisée et *La Maison* finirait par exploser.

A cette idée, il y a eu des cris indignés.

– Eh bien, pour un pays c'est la même chose ! a conclu Grégoire. Si vous ouvrez les portes de la France à tous ceux qui veulent venir, elle explosera. Et vous devez savoir que, plus tard, ce sera là votre gros problème : comment vous montrer généreux tout en protégeant votre pays ?

Les enfants apprécient qu'on leur parle comme à des adultes d'affaires d'adultes. Tous, bien sûr, avaient entendu parler d'immigration et les plus âgés avaient déjà leur avis sur le sujet. Dimitri s'est un peu animé pour déclarer qu'on était assez nombreux comme ça et qu'il ne fallait plus accepter personne. Les petites, au contraire, étaient pour ouvrir la porte à tout le monde, tant pis, on verrait bien. Timothée parlait en expert de la drogue dans les banlieues. Justino et Victor, assis l'un contre l'autre au pied du canapé, suivaient avec ravissement les volutes qui s'échappaient de la pipe du commandant.

En voulais-je au commandant ? Le retour à cette pipe qui l'avait accompagné une bonne partie de sa vie et dont il avait eu tant de mal à se séparer, montrait, sous la cuirasse du guerrier qui paradait pour me rassurer, l'ampleur du choc reçu. Pipe-doudou ! Et lorsqu'il a demandé : « Puis-je continuer un peu ? », je n'ai pas été la dernière à crier : « Oui. » Pour la pipe aussi.

– Chaque jour, j'entends des imbéciles prétendre que notre société n'offre plus de grands buts aux jeunes, a-t-il déclaré avec indignation. A moins que pour vous les « grands buts » consistent seulement à avoir un plus beau blouson ou une moto plus puissante que celle du voisin, sachez que jamais il ne s'en est présenté autant à vous. Et il suffit d'ouvrir les yeux pour voir que de passionnantes aventures vous attendent.

Il a regardé tour à tour chacun des enfants et, dans son regard, j'ai vu se soulever la mer sous les flancs de sa *Jeanne*.

– Voyez-vous, le monde vous est ouvert. Et une

grande tâche : aider les autres à vivre correctement chez eux afin qu'ils ne soient plus obligés de quitter leur sol pour venir galérer loin de leurs familles et de leurs racines. Je ne sais pas comment vous vous y prendrez, mais il y a urgence. C'est vraiment la grande pagaille et, dans ce domaine, il y aura du travail pour tous les goûts, pour les écolos comme pour les ingénieurs, les architectes ou les médecins, et tous ceux qui ont envie de donner. Que vous le fassiez d'ici ou d'ailleurs, vous avez la planète à organiser. Qu'en pensez-vous, les petits princes ?

Les petits princes étaient K.-O. devant l'immensité de la tâche, l'ampleur de l'aventure. Que se passait-il, à ce moment précis, dans leurs cervelles toutes neuves ? Quelles images, les paroles d'un grand-père admiré et qui ne parlait jamais pour rien, y faisaient-elles passer ? Peut-être est-ce ainsi que naît une vocation : par la grâce d'un doigt tendu vers ce que l'on portait en soi sans le savoir. Et tous les jeunes ne portent-ils pas en eux la vocation de la solidarité ?

Ce soir, soudain inquiet, Grégoire s'interrogerait : et s'il avait, par son discours, incité l'un de ces gamins qu'il aimait tant à aller au casse-pipe un jour ? Car, là où sont la faim et la misère, se trouve aussi la guerre. Et, bien que je m'en sois fait moi-même la réflexion, le cœur serré à la pensée de tous les dangers qui attendaient les petits princes de ce pays privilégié, je l'ai rassuré. Ici aussi des jeunes mouraient, d'être sans buts, sans idéal, assommés par le tam-tam du chômage, du sida et de la drogue. Il leur aurait éclairé l'avenir.

Pour finir, il leur a demandé une définition du mot « tolérance ». Gauthier a levé le doigt.

— La nuit, quand Justino allume ses bougies devant tous ses machins, ça sent horriblement mauvais, a-t-il constaté. Mais je le tolère parce qu'il est un peu indien et que ça se fait dans son pays.

— Et Justino tolère de dormir avec toi bien que tu sentes le putois parce que tu ne te laves pas, alors que, se laver, ça se fait dans ton pays, a rétorqué Victor, indigné.

Anastasia a sauté sur ses pieds. Elle est allée chercher le plus gros cendrier du salon et l'a tendu à Grégoire.

— Et nous, nous tolérons la drôle-pas bonne odeur de ta pipe parce que nous t'aimons, a-t-elle déclaré avec malice.

Là, c'est Grégoire qui en a pris plein le cœur. Il a enfin trouvé le courage de regarder sa femme qui lui a souri comme un ange qu'elle est.

— Je vois que vous avez tous compris, a-t-il dit d'une voix émue. Tolérer l'autre, c'est accepter sa différence. L'aimer, c'est aimer cette différence.

Les enfants se sont mis à parler tous à la fois, chacun expliquant à l'autre, qui n'écoutait rien, combien il était tolérant. C'était très gai et très bruyant. Grégoire s'est levé.

— Et comme moi je ne tolère pas le bruit, tout en vous respectant et vous aimant, je vous laisse.

Il avait l'air si content de son humour percutant, que je n'ai pas voulu laminer son plaisir en lui suggérant que la tolérance pouvait aussi s'appliquer à un certain projet de restaurant.

Il faut laisser les choses venir en leur temps. Et elles venaient les choses, elles venaient...

CHAPITRE 19

En visite aux convalescents, certains arrivent avec des fleurs, d'autres des chocolats ou des bonbons. Maurice a débarqué avec trois araignées de mer.

En ami attentionné, il a tenu à les cuire lui-même pour épargner du travail supplémentaire à la maîtresse de maison (qui s'est retrouvée avec ses quenelles de brochet sauce Nantua sur les bras, mais il ne vient pas forcément à l'idée d'un homme qu'un menu a été prévu lorsqu'il est attendu à dîner).

Ce que Maurice ignorait aussi, c'est que si je raffole des araignées, je me refuse à les cuire à la façon barbare des marins qui les jettent toutes vives dans l'eau froide et les laissent se débattre jusqu'à ébullition, assurant que c'est là le seul moyen pour que le crustacé ne se vide pas. Averti par Grégoire de ma sensiblerie toute féminine, Maurice s'est incliné et, au point où il en était, il a même accédé à mon désir : un petit quart d'heure de congélation avant cuisson pour anesthésier les condamnées.

Alors que je tournais ma mayonnaise, il est venu à la cuisine sous prétexte de mettre le nez dans la marmite. Après m'avoir demandé des nouvelles de Justino – il avait prêté la main au déménagement de Thibaut et savait fort bien que le petit retrouvait tout son entrain, ne s'était-il pas réjoui d'habiter cette fois au premier étage ? –, d'une voix faussement détachée, il en est venu à ce qu'il avait dans le cœur : Marguerite. « Il paraît que tu es allée la voir ? » Je ne sais pas ce qui m'a pris mais je lui ai lancé : « Va la chercher, idiot, ramène-la de force chez vous, elle n'attend que ça, ta Margot. » Et j'ai ajouté : « En ce qui concerne la petite jeunesse, pédale douce, s'il te plaît. »

Aussi rouge que ses araignées, il a bredouillé : « Elle est déjà mise, la pédale douce ; elle me tue, cette fille. » Comme je n'avais aucune envie de connaître les détails de l'assassinat, j'ai fait illico repartir mon batteur et Maurice a rejoint Grégoire au salon après m'avoir dit merci d'une voix d'asphyxié. Les chaussons à pompons reprenaient le dessus, j'étais contente pour Marguerite.

Toute leur vie, les marins gardent le ciel à l'œil. On dirait qu'ils craignent que, durant la nuit, une vague ne fasse chavirer leur maison. Pour rien au monde, le mien ne raterait la météo (bien que donnée par des incapables). Maurice et Grégoire attendaient donc le grand moment, un œil sur la télévision, l'autre sur le plateau d'apéritif, lorsque c'est arrivé, annoncé par le hennissement d'un cheval.

Avec tout ce qui s'était passé, j'avais oublié la pub de Capucine. Ou plus exactement, remis à plus tard le moment d'y penser. « Début décembre », m'avait avertie Charlotte. Nous étions le trois.

Sur l'écran, une belle jeune femme en pantalon blanc, accompagnée d'une amie, se dirige vers sa jument. « Une dame qui gagne un concours ''épique'' », a indiqué Capucine. C'est le moment qui est épique : je dois créer une diversion, éloigner Grégoire de ce poste de malheur. Tandis que mes neurones s'emballent, sur l'écran la jeune femme s'arrête, affolée, la main en feuille de vigne : « Mon Dieu, je les ai... » s'exclame-t-elle. Maurice est un rapide (concernant les femmes), il a tout de suite compris de quoi il s'agissait et pousse un gros soupir de pudeur offensée (ça lui va bien, tiens !). « Décidément, rien ne nous sera épargné », commente-t-il. Je me précipite : « On change de chaîne ? » Trop tard. Capucine est là !

Plus jolie, fraîche, en un mot adorable, il n'y a pas ! Elle porte comme sa mère une tenue de cavalière qui lui va à ravir. Elle cache quelque chose derrière son dos (sûrement pas un bouquet !).

— Ça alors ! s'exclame Maurice en se penchant vers le poste pour s'assurer que ses yeux ne le trompent pas, ça alors !

Et il se tourne vers Grégoire que je trouve, dans son sillage, le courage de regarder.

De deux choses l'une, ou mon pauvre mari n'a pas reconnu sa petite-fille, ou trop d'émotions successives l'ont conduit, comme l'expriment si bien les jeunes, à disjoncter car son visage n'exprime rien. RIEN. Le mien doit, à son tour, avoir pris la couleur des crustacés dont la cuisson se poursuit. D'un geste gracieux, Capucine offre à la belle cavalière un bouquet de serviettes périodiques superétanches : « Ce sont des *GIRLS* », lui confie-t-elle (devant la France entière).

Tableau final : la mère dans son pantalon blanc immaculé reçoit une coupe. Elle la tend à notre petite-fille : « Ce sont toujours les *GIRLS* qui gagnent », affirme-t-elle. Fin de cette publicité exceptionnelle sur le malicieux clin d'œil que nous adresse Capucine.

— Ça alors... répète Maurice dans le désert. Ça alors...

C'est là que les événements se précipitent. Grégoire se tourne vers son ami :

— Au lieu de radoter, si tu allais voir où en sont tes bestioles ?

La porte-fenêtre s'ouvre à la volée et Capucine, celle en chair et en os, vêtue d'une robe de chambre, se précipite vers nous.

— Alors, vous m'avez trouvée comment ? Extra, non ?

Grégoire déplie ses membres ankylosés, éteint tranquillement le poste, prend les deux mains de sa petite-fille.

— J'avoue que tu n'étais pas mal du tout, déclare-t-il. Mais comme j'ai eu déjà l'occasion de te le signaler, il y a mieux à offrir à sa mère que des *GIRLS*.

Je vis depuis trente-neuf ans avec un inconnu.

Maurice a compris que sa vie dissolue lui retirait tout droit à la critique. Bien que certaine d'être le point de mire de la terre entière, Capucine a daigné partager nos araignées. Elle avait appris la nouvelle à son grand-père il y a une quinzaine de jours après lui avoir fait jurer le secret. Grégoire avait donc réfréné son furieux désir d'aller étrangler les parents du singe savant mais il s'était fait beaucoup de souci pour moi, non en ce qui concernait ma pudeur – combat perdu depuis longtemps – mais pour mon cœur. A notre âge (depuis que je suis arrivée dans sa dizaine, il adore me le rappeler), cela pouvait représenter un choc que de voir surgir sur l'écran, munie de protections étanches, sa petite-fille bien-aimée. Il était heureux de constater que mon précieux organe avait tenu le coup.

Quelques rares personnes n'avaient pas été mises dans le secret, dont les beaux-parents d'Audrey, M. et

Mme de Réville, grande famille caennaise. Ils en ont fait une maladie, surtout lorsque Adèle, furieuse de n'avoir pas été engagée mais s'exerçant pour une prochaine occasion, n'a rien trouvé de plus intelligent que de proposer devant un parterre d'invités des *GIRLS* à sa bonne-maman.

Le lendemain de cette fabuleuse soirée, Charlotte a été convoquée par son père qui lui a annoncé que Boris pouvait transformer sa bulle en Disneyland si cela lui chantait mais qu'il s'opposait formellement à ce que SES petits-enfants lui servent de tirelire. Il avait, quant à lui, décidé de ne plus jamais mettre les pieds là-haut ; cependant, Charlotte resterait, elle et les siens, la bienvenue en bas. Espérons que Boris restait inclus dans la haute idée que mon mari se fait de la famille.

— Papa, tu es cosmique, a bredouillé Charlotte avant de fondre en larmes.

— Je suppose que mieux vaut être cosmique que sur la *deadline*, a répondu Grégoire qui est rancunier comme un chameau.

Elle a eu un gros sanglot et a filé à *La Géode* annoncer que le miracle avait eu lieu. Stoïque, j'attendais mon tour.

— Alors, tu as eu ce que tu voulais, Joséphine ? a constaté sévèrement le Pacha.

— Je suis comme ça, tu le sais bien : j'arrive toujours à mes fins, ai-je répondu.

Avant d'atterrir dans ses bras.

La générosité de l'homme que j'aime, Perrette et les pâtes de pommes, les cèpes de Justino, une grosse bûche de chêne, des *GIRLS* par paquets de vingt, il en faut des choses pour ouvrir un restaurant russe !

CHAPITRE 20

— Moi qui avais décidé de ne pas t'accabler, voilà que je te déballe tout le paquet !

La femme en survêt et santiags, la grande dame aux cheveux blancs, la courageuse petite chèvre qui foule à mes côtés le sol de la garrigue, ma mère, s'arrête net.

— M'accabler ? Mais qu'est-ce que ça veut dire, ça ? Si tu me trouves trop vieille pour regarder le monde en face, mets-moi tout de suite dans un mouroir. Et qu'est-ce qu'on fait, là ? Une promenade ou un marathon ?

Je règle mon pas au sien. Cette respiration plus large, ce bonheur en forme de sourire dans ma poitrine, c'est d'avoir retrouvé Félicie, d'être à nouveau la gamine qui se fait « rouspéter » pour son bien. Car elle a raison, ma mère, j'ai toujours tout fait trop vite : marché, parlé, agi trop vite, comme si le temps me poursuivait. Au lieu de déguster ma vie à petites bouchées, je l'avale tout rond, avec des yeux plus gros que le ventre et la peur de ne pouvoir tout goûter avant qu'on me retire mon assiette.

Aujourd'hui, l'assiette est pleine : huit jours de vacances au pays des pins, des palmiers et du mimosa, où la montagne dégringole dans une mer qui jamais ne s'en va.

Nous étions quatorze dans l'avion du matin, munis du billet de groupe que Fée nous avait adressé dans une belle enveloppe décorée d'un sapin de Noël. Quatorze seulement puisque, au dernier moment, Victor a refusé de venir. Boris est resté avec lui. Partis à l'aube d'une Normandie noyée dans le brouillard, nous nous sommes retrouvés à une heure de l'après-midi, bras nus au soleil, sur la terrasse du *Cigalou*, dégustant la fougasse, la niçoise et le jambon de pays. (Ce soir, réveillon ! On se réserve.)

Et comme je l'attendais cette promenade rituelle dans les pins, Félicie à mon bras, nous deux seulement, question de retomber dans mes sabots car, même lorsqu'on arrive chez sa mère, on peut se sentir, au début, désagréablement invitée. Il faut le temps de se poser.

Oui, il n'aspirait qu'à se vider, mon cœur. Mieux qu'avec un mari, une fille ou un fils puisque à peine Félicie a-t-elle eu prononcé le mot magique : « Alors ? » que tout est sorti : le restaurant russe (elle savait, tenue au courant par Charlotte), Victor dont le moral baissait au fur et à mesure qu'approchaient ce que les bien-portants appellent les « fêtes », enfin, notre Justino.

C'est le calvaire du petit que je voulais lui éviter ; il est venu dans la foulée. Ainsi, c'était cela le sourcil bizarre de Grégoire ! « Quel bonheur il a dû éprouver à se battre pour lui ! » a-t-elle constaté non sans envie. Et le petit ? De mieux en mieux ! Convaincu d'être un « vrai Français », il avait décidé qu'il voulait rester un peu brésilien comme sa mère. Finalement, Bluchard l'aura mené à mieux s'accepter.

Pins maritimes, pins parasols, pins d'Alep, un sol aride aux senteurs sèches, un paysage qui, les derniers toits de Grimaud passés, tourne à la sauvagerie.

A l'aise dans les pommes de ma verte et douce Normandie, je me sens aussi de ce pays-là.

– Cet automne, ton frère a tué un sanglier par ici, un méchant. Ils s'y sont mis à je ne sais combien mais, pour finir, c'est lui qui l'a eu, raconte fièrement maman qui, par ailleurs, défend bec et ongles la gent animale.

– Et comment va-t-il, mon frère ?

– Sa récolte a été bonne. Quant au reste...

Là, ton et visage changent, se chargent de mystère. Nous abordons le sujet interdit qui, à la fois va à l'encontre des convictions de la croyante et satisfait la tendresse de la mère. « Le reste, Hugo t'en parlera s'il le désire... Il y a du nouveau. »

Inutile d'insister, je n'en saurai pas davantage. Le « reste », que je n'ai pas l'heur de connaître, s'appelle Blanche. C'est une de la vallée. Son mari, cultivateur, aidait Hugo avant que la maladie le cloue dans un fauteuil. Ce qu'il y a depuis plus de vingt ans entre Blanche – femme mariée donc sacrée – et son fils, maman a toujours refusé de le savoir. Elle peut d'autant mieux se boucher les yeux qu'Hugo et elle ont choisi la sage solution de ne pas partager le même toit. A Hugo la ferme, à elle les dépendances.

En attendant, le soir tombe, cinq coups viennent de sonner au clocher de Grimaud.

– On a retrouvé un cadavre par ici il y a quelques semaines, m'apprend maman. Une femme. La pauvre, il n'en restait plus grand-chose, paraît-il. Deux, ça ne serait pas un cadeau à leur faire pour Noël ! On rentre ?

Les filles avaient dressé les tables du réveillon chez Hugo, dans la grande salle du bas : quinze couverts disposés de façon à ce que tout le monde se voie et, si possible, s'entende. Les enfants avaient déjà disposé leurs souliers autour du sapin, placé, lui, dans la maison de Félicie. Nous avons été priées d'y ajouter les nôtres et, comme chaque année, le remords m'a saisie.

Je déteste la course aux cadeaux, les listes à établir pour n'oublier personne, les magasins enguirlandés où soudain on ne sait plus ce que l'on est venu chercher, d'où la magie a disparu au profit des seuls gros sous. Le grand âge de maman (et le produit de ses judicieux placements) lui permettent la solution idéale : aux parents, elle offre le voyage pour toute la nichée, aux enfants un « bon » pour le vêtement, l'objet ou le jouet de leur choix. Facture à adresser au *Cigalou* après achat.

Pour moi, je suis tombée dans la facilité ! Je répartis des enveloppes dans les souliers. A partir de huit ans, ils préfèrent un billet à tout. D'ailleurs, TOUT, ils l'ont ! Grégoire n'est pas d'accord. Dès septembre, il se met en quête d'une bricole personnalisée pour chacun. Et chaque 25 décembre au matin, voyant les enfants se précipiter sur leurs paquets, je me sens minable : je ne sais plus faire la fête, j'ai trahi le Père Noël... D'autant qu'il a déposé dans mes propres souliers une multitude d'offrandes.

La messe de minuit étant prévue à neuf heures, tout le monde est allé se faire beau à huit. Félicie nous est revenue parée de dentelle et de chenille noires. Comme d'habitude, **Aud**rey était belle et sans histoire. Charlotte a créé la **sur**prise dans une tenue clodo composée de haillons superposés, agrémentée de godillots de montagne à lacets, la nouvelle mode antimode, nous a-t-elle appris. « Si tu reçois comme ça les futurs clients de ton isba, ils se croiront à la soupe populaire », a remarqué sa sœur. En apparaissant dans un fourreau lamé à la Marilyn Monroe,

Anastasia a fait sensation. Le magnifique tailleur-pantalon en soie grège que j'avais, pour l'occasion, choisi avec Marie-Rose, n'a intéressé que Grégoire qui, alors que je lui apparaissais dans toute mon élégance, a regardé sa montre avant de me déclarer gentiment : « Ne crois-tu pas qu'il serait temps de t'habiller plutôt que de traîner en pyjama ? »

Palanquin de Félicie, voiture et camionnette d'Hugo, nous nous sommes serrés jusqu'à l'église de Cogolin où, durant une heure trente, on ne nous a parlé que de joie, amour et pardon, où les cœurs ont fait provision. Du côté des enfants, c'était à qui chanterait le plus fort. Tatiana a dormi durant tout l'office sur les genoux de son grand-père qui, devant cet honneur, n'osait ni bouger ni respirer, se préparant un torticolis de première pour le lendemain. Il n'a échappé à personne que Charlotte, fraîche convertie à la religion orthodoxe, s'approchait avec ferveur de la sainte table.

Depuis presque vingt ans, les menus de réveillon sont toujours les mêmes au *Cigalou* : plateaux de fruits de mer pour les adultes, pâtes ou frites avec saucisses grillées et ketchup à volonté pour les plus petits, champagne pour tout le monde.

Tandis que, selon la coutume, Félicie se livrait à la cérémonie des toasts, un mystère a été éclairci. Capucine, notre star qui, depuis qu'elle apparaissait chaque jour sur le petit écran, avait pris la grosse tête, se demandait anxieusement si son arrière-grand-mère avait eu l'occasion d'admirer sa prestation, aucune réaction ne nous étant montée du Var. Il arrive à maman de décider de ne pas voir pour n'avoir point à juger et Charlotte avait interdit à sa fille toute allusion aux protections étanches.

Le premier toast a été porté aux absents avec une

pensée particulière pour Victor. Félicie a ensuite levé sa coupe aux adultes, fidèles depuis tant d'années au rendez-vous de la naissance du Christ. « Enfin, a-t-elle conclu en se tournant vers les enfants, nous boirons ce soir aux *boys and girls* ici présents. »

Ma mère n'a pas pour habitude de mêler français et anglais. Elle s'emploie comme Grégoire à défendre la pureté de notre langue. Tous les regards se sont tournés vers la vedette dont les yeux s'étaient modestement baissés et le sujet a été clos. D'après Charlotte, c'est un semi-pardon.

Les enfants au lit, les souliers garnis, nous avons songé à aller nous coucher. Tandis que Grégoire, mort de sommeil, se traînait jusqu'à la salle de bains, je suis sortie dans la cour respirer la nuit. Elle était glacée, sans vent, sans pluie comme il sied à Noël. Aux étoiles répondaient les nids de lumière accrochés au flanc de la montagne. Demain, il ferait beau et un calme profond, à l'image d'une certitude, m'emplissait. J'étais posée.

Je m'apprêtais à rentrer lorsque Hugo, portant un gros paquet-cadeau, est sorti de la ferme comme un cambrioleur et a pris le chemin de ses vignes. Je lui ai galopé après.

– Où allons-nous ainsi, monsieur le cachottier ?

Pris en flagrant délit, il s'est arrêté net. Je louchais fort vers le paquet. Si, avec certains sauvages, vous ne mettez pas parfois les pieds dans le plat, vous perdez toute chance de connaître leurs secrets et vous les privez, eux, du bonheur de les partager avec vous.

Mon frère s'est longuement éclairci la gorge.

– Si tu veux bien... demain, comme d'habitude... a-t-il chuchoté avant de filer comme un lièvre.

CHAPITRE 21

« Comme d'habitude », c'était à la cuisine et le plus
tôt était le mieux. L'homme que nous appelions
« IL », ou « LUI », pour ne pas dire « papa », dormait
tard, retenant notre mère prisonnière à ses côtés.
Fréquentant des écoles différentes, nous ne pouvions
nous voir, mon frère et moi, durant la journée, et le
soir, lorsque nous rentrions, bien souvent IL était là.
La mort de Dorothée, notre petite sœur, écrabouillée
par un chauffard, nous avait fait resserrer le rang.
Nous avions peur de nous perdre. « Comme d'habitude » était ce moment privilégié où nous nous rejoi-
gnions, Hugo et moi, pour nous sentir deux dans
l'adversité.

Nous ne parlions pratiquement que de LUI, ses
colères, ses lubies, la façon brutale dont il traitait
notre mère. Bien sûr, celle-ci se doutait que ses
enfants prenaient sur leur sommeil pour, de chaque
côté de la table de bois, entre marmite et vaisselier,
se redonner des forces car, sur cette table, nous trouvions parfois, comme laissé par mégarde, un message
en forme de gâteau ou de friandise que nous dégus-
tions avec ferveur.

C'était à la cuisine qu'Hugo m'avait annoncé, au
lendemain de ses dix-huit ans, qu'il partait s'installer

au *Cigalou*, chez ceux qu'IL appelait avec mépris les « paysans », la famille de maman. Voyant monter mes larmes, il avait tenté de me consoler : dans deux petites années, majeure moi aussi, je le rejoindrais là-bas. Mais je ne voulais rien entendre. « Attends-moi, attends-moi... », suppliais-je. Heureusement, il ne m'avait pas écoutée : déjà Hugo avait du mal à « communiquer » comme on dit. Deux années de plus, même petites et le regard méprisant du père aurait sans doute réussi à lui clouer définitivement le bec.

Apprenant le départ de son fils, celui-ci avait eu cette simple phrase : « L'imbécile ! De toute façon, il ne sait rien faire. Il reviendra à la soupe. »

Hugo n'était pas revenu à la soupe, il se l'était servie lui-même en prenant en charge le vignoble des « paysans » et devenant estimé éleveur de ce blanc de blanc pétillant qui se marie si bien avec le chant des cigales, les fruits de notre Méditerranée et les tendres loups du golfe. Quant à la petite sœur, ses dix-huit ans atteints, elle avait repéré de son œil de lynx un bel officier aux yeux clairs, et décidé de se l'approprier pour la vie. Le choisissant, je choisissais la Normandie, son cidre, ses moules, les humeurs de son ciel et c'était ma mère qui, sitôt la fille mariée et l'époux terrassé par une crise cardiaque (preuve qu'il avait un cœur malgré tout), avait rejoint mon frère au pays où le soleil se met en bouteille.

Il est sept heures et le café est prêt lorsque je retrouve Hugo dans la cuisine de Félicie, toute proprette puisque le réveillon a eu lieu à la ferme. Il sourit en me voyant dans un pyjama volé à Grégoire afin que ce rustre constate *de visu* la différence entre tenue de nuit et atours de réveillon. Nous nous asseyons l'un en face de l'autre et le grand frère de soixante-quatre ans remplit le bol de la petite. Lorsqu'un homme qui fréquente plus volontiers ses ceps que ses semblables se décide, contraint par les événements, à sortir ce qu'il retient dans son cœur, c'est très exactement comme lorsque vous ouvrez un robinet après une coupure d'eau. Pétarades, jets de vapeur, vous en prenez plein la figure. La question sans détour d'Hugo, formulée d'une voix rocailleuse, me fait lâcher le morceau de fougasse à l'anchois que je m'apprêtais, ô délices, à tremper dans mon café.

— Crois-tu que je la rendrai heureuse ?

Bridons nos nerfs.

— Serait-ce d'une certaine Blanche que tu parles ?

De la tête, il fait « oui » puis regarde ailleurs, regarde en lui comme ce matin normand où il m'avait demandé de la même façon abrupte : « Crois-tu qu'une femme m'aimera un jour ? » La même question finalement, à quarante-trois années de distance : chacun progresse à son pas !

— Il m'a semblé comprendre que tu la rendais heureuse depuis bientôt vingt ans.

— Vingt-deux, rectifie-t-il. Mais quelque chose est arrivé.

Son regard revient vers moi. Et derrière le rude visage du campagnard, je revois soudain celui, tendre et lisse, de mon frère étudiant. Mon frère... mon fils... Ce qu'on appelle « la naissance » les destinait l'un et l'autre au costume-cravate, à une vie de bureau. L'épreuve les a fait changer de chemin : Hugo a pris celui de la terre, Thibaut celui de ses bandits. Tant pis ! Tant mieux !

— Le mari de Blanche est mort le mois dernier, m'apprend Hugo d'un ton funèbre.

— Ce n'est quand même pas toi qui l'as tué ?

– Oh ! Jo ! Tu ne changeras donc jamais ?

– Jamais. Trop tard ! Et si tu avais vu ta tête...

– C'est que maintenant elle est libre, explique-t-il. Elle ne peut pas vivre toute seule. Elle voudrait qu'on se marie.

Et mon Hugo a peur de n'être pas à la hauteur de la tâche ! C'est une chose que de voir celle qu'on aime, à la sauvette et une autre de vivre avec. Là, sa Blanche aura tout loisir de découvrir le mal léché qu'il est, le détestable compagnon qu'il fera. Tout cela, je le lis sur son visage. C'est comme pour les enfants dont il a décidé une fois pour toutes qu'il aurait été incapable d'en élever alors qu'ils sont tous suspendus aux lèvres et aux pas de cet ours délicieux qui cherche en chacun le meilleur miel tout comme il a su tirer le meilleur de sa vigne.

– Ta Blanche, là, où est-elle ? Comment elle l'a passé, son réveillon ?

– Toute seule, la pauvrette, soupire-t-il. Tu te doutais bien où j'allais hier.

– Et à l'heure qu'il est, qu'est-ce qu'elle fait ? Elle dort ?

– Que crois-tu ? C'est une femme du matin, se rebiffe Hugo.

L'ouverture des paquets du Père Noël a été fixée à neuf heures. Apparemment, tout dort encore dans la maison. Nous avons juste le temps de la visite. Je me lève.

– On y va !

Il est déjà debout.

Nous avons enfilé vestes de chasse et bottes. Au passage, Hugo a cueilli Gribouille à la ferme : un farouche griffon vendéen, chasseur incomparable de sanglier, poils en visière sur les yeux, rude aux caresses comme son maître, mais dans le regard des trésors d'affection. A part ça, interdit de séjour dans la maison de Félicie parce que sale dégoûtant.

Qui n'a marché à l'aube entre les ceps, un *Cigalou* endormi dans son dos, Grimaud là-haut en sentinelle, la cape sombre des Maures sur la colline, le vent de la mer aux joues, n'a pas vraiment vécu.

— Il paraît que la récolte a été bonne ?

— Mieux que ça : superbe !

Quelques secondes, Hugo s'est arrêté pour contempler son œuvre. Chaque pied de vigne avait été chaussé de terre afin qu'il ne prenne pas froid. Il s'est baissé pour couper un sarment. Son geste était précis et tendre. « Et après ça, ai-je remarqué, ce fou prétendra qu'il ne saurait pas rendre une femme heureuse ! » Le fou a émis un bruit de la famille nombreuse des rires et nous avons repris la marche vers la plaine, les arbres fruitiers, le feston de maisonnettes blanches frottées à la lavande.

— C'est celle aux fenêtres allumées, m'a indiqué Hugo en tendant le doigt.

J'avais cru posséder mon frère, c'est lui qui m'avait eue ! Dans la maison aux fenêtres allumées nous étions attendus. Le café était chaud, la brioche coupée et Blanche en robe d'apparat.

Large, bien plantée, cheveux de neige, regard droit.

— Débarrassez-vous donc, a-t-elle ordonné en me retirant ma veste et je me suis retrouvée en pyjama ce qui a fort réjoui mon sadique de frère.

De toute évidence, Blanche n'ignorait rien de la famille. Sans la connaître, elle en était devenue. En dégustant notre second petit déjeuner, nous avons simplement parlé des enfants tout en regardant s'éclairer le ciel, rosir la vigne, se dessiner les Maures.

Il était neuf heures moins une lorsque nous avons

traversé la cour du *Cigalou* où les enfants piaffaient autour de l'arbre de Noël. Notre arrivée a été le signal de la curée. Moi, je préfère profiter des cadeaux des autres avant d'ouvrir les miens. Félicie-la-terrible, qui chaque année exigeait une « surprise », a trouvé dans ses bottines un ensemble chemise de nuit et déshabillé un rien olé olé. Hugo a reçu un chandail en laine des Pyrénées. Découvrant dans le papier de soie ses chaussures anglaises adorées, commandées par ma personne à Paris sur modèle discrètement emprunté, Grégoire en a presque eu la larme à l'œil.

Du côté des enfants, c'était l'anarchie, le saccage du beau papier pour découvrir plus vite les cadeaux. J'avais l'air fine avec mes enveloppes ! L'an prochain, promis-juré, j'offrirais en plus une bricole à chacun. J'ai reçu mon lot habituel d'agendas, foulards et parfums et, du côté de mon homme, l'engagement, à partir du 1er janvier, de remettre définitivement sa pipe sur la cheminée.

Tandis que je faisais griller les tartines du petit déjeuner (mon troisième), Hugo m'a rejointe à la cuisine.

— Qu'est-ce que peut bien avoir Audrey ? Tu ne trouves pas qu'elle est bizarre ?

— Audrey ? Mais que veux-tu qu'elle ait ?

— Je ne sais pas, justement... Elle me semble préoccupée.

J'ai jeté un coup d'œil dans la salle à manger où mon aînée donnait la becquée à Tatiana.

— Je n'ai rien remarqué.

— Alors c'est sûrement le parrain qui se fait des idées, a conclu Hugo. Oublie, Jo !

J'ai oublié.

CHAPITRE 22

... Pour l'excellente raison que j'avais eu mon content d'histoires, mon trop-plein d'aventures et de souffrance, parce que je voulais profiter du répit que m'offrait Noël, d'être la fille et non la mère, d'être au soleil tout simplement.

Il attendait chaque matin derrière le rideau de brume, comme au théâtre, les trois coups pour faire son entrée, mêlant en une parfaite harmonie sons, odeurs et couleurs. A midi, il chauffait la table du déjeuner composé de poissons grillés au feu de sarments et de bassines de frites croustillantes, œuvre d'Angèle, l'ange du *Cigalou* depuis que maman s'y était installée voici bientôt quarante ans.

Les deux complices avaient tout prévu pour que les Normandes n'aient rien à faire de leurs dix doigts. Angèle s'occupait du ménage et préparait les repas. Le soir, avant de remonter dans son village, elle nous laissait à réchauffer l'un des gratins dont elle avait le secret : tendres courgettes, aubergines mêlées d'ail, tomates, poivrons, recouvrant de mystérieux hachis parfumés aux herbes. Et, bien entendu, nous avions eu droit à la soupe au pistou.

J'oubliais ! Pour parler autrement avec Grégoire, nous regarder mieux puisque sous un ciel différent, pour conduire Fée à Saint-Tropez où nous nous régalions de nougat mou sur le port en rêvant d'être riches armateurs (pas de féminin pour ce mot-là, il était temps de réparer l'erreur), pour courir dans la vigne lanciner mon frère : « Qu'est-ce que tu attends pour nous l'amener, ta Blanche ? » A présent que je l'avais vue, je savais : ils étaient faits l'un pour l'autre, lui, l'écorché, le sauvageon, elle, la sereine, la pivoine blanche épanouie. « On verra, on verra », répondait mon Hugo pas encore convaincu de réussir là où celui dont il craignait de tenir avait échoué : mettre du bonheur sous un toit.

Sous le toit de Félicie, l'effectif s'était légèrement réduit, Thibaut et Dimitri étant remontés en Normandie le surlendemain de Noël. Il arrive que les fêtes – occasion de vider trop de bouteilles – retombent sur la tête des gamins et Thibaut tenait à ce que la porte de L'Étoile leur reste ouverte. Sans doute était-il également pressé de retrouver sa Yocoto qui, elle, avait réveillonné à Paris chez des parents vietnamiens. Quant à Dimitri, il avait été engagé comme livreur de chocolat par une pâtisserie renommée de Caen.

On ne voyait pas les enfants, toujours dans les vignes, les champs ou la forêt sous la houlette des grands cousins. L'après-midi, Hugo ou Grégoire les emmenait faire de longues balades et nous restions, les quatre femmes – cinq avec Tatiana – dans la maison en paix. Et c'était bon et j'oubliais.

« Qu'est-ce que peut bien avoir Audrey ? » avait demandé le parrain de mon aînée. Mais rien, bien sûr ! Rien, forcément ! Elle était la fille sans problèmes qui nous avait toujours donné, à Grégoire et à moi, toute satisfaction. Petite, nous l'avions baptisée l'« Organisée ». Il fallait que l'emploi du temps de cette demoiselle soit précisément dessiné, l'« emploi de vie », pourrait-on dire car elle avait déjà décidé que lorsqu'elle serait grande, elle se marierait, aurait beaucoup d'enfants et resterait à la maison pour s'en occuper. Ce n'était pas un hasard si elle avait choisi le sérieux Jean-Philippe pour l'accompagner dans son projet. J'oubliais qu'une trop précise organisation peut être due à l'angoisse et que ce n'est point parce qu'on ne les étale pas sur la place publique (comme Charlotte) que l'on ne connaît pas d'états d'âme.

Souriante, belle, heureuse d'être là, Anastasia mettait un entrain fou dans la maison. Elle avait même réussi à séduire Hugo avec ses bientôt seize ans flamboyants. Nous étions déjà à la moitié du séjour : jeudi.

C'est ce jour-là que Grégoire a proposé la grande promenade au château d'If.

Toute île a sa magie : c'est un refuge, un bastion, une solitude. C'est le fond de notre âme secouée par les tempêtes. Si cette île est une forteresse et que le futur comte de Monte-Cristo, Edmond Dantès, y a croupi avant sa célèbre évasion, c'est la peur et le rêve de chacun d'entre nous et malgré la longueur du trajet tous les enfants se sont déclarés partants. En annonçant qu'il invitait la troupe à déjeuner sur le port de Marseille d'où appareillait la vedette, Jean-Philippe, de tempérament plutôt économe (je n'ai pas dit « avare », hum !) a déclenché l'enthousiasme. Le plaisir aurait été complet si, au dernier moment, Audrey ne s'était décommandée, préférant rester au *Cigalou* avec sa grand-mère et Tatiana qui risquait d'être une gêne pour les promeneurs. Lorsque je me suis offerte à prendre sa place, elle a refusé si sèchement que je n'ai pas insisté : Audrey peut être abrupte.

J'ai oublié de m'en inquiéter.

Plutôt qu'un restaurant typique, les enfants ont choisi une pizzeria. Nous déjeunons sur la terrasse, face à l'objet de notre visite. Capucine et Adèle, à qui les garçons ont raconté, avec moult terrifiants détails, le séjour d'Edmond Dantès dans la prison, sont un peu déçues. Elles imaginaient une île noire comme l'enfer et la découvrent blanche. « On a dû la repeindre », confie Adèle à sa cousine.

Anastasia fait rire tout le monde en déclarant qu'au lieu d'aller visiter l'île-cachot, elle aurait pour sa part préféré celle, aux nudistes, du Levant. Timothée fait redoubler les rires en lui répondant qu'avec sa tenue (short et bustier) elle n'aurait pas eu grand-chose à ôter pour se retrouver dans le costume local. Demain, je me souviendrai du ton agressif dont il a fait cette réflexion. Sur le moment, je ris comme les autres, pensant qu'à treize ans notre Tim peut fort bien nourrir un faible pour sa belle-demi-cousine et s'offusquer de la voir exposer ses charmes à tous vents. J'oublie, là encore, de me poser des questions. Mais les pizzas sont succulentes et Grégoire raconte comme il sait si bien le faire, avec un mélange de gravité et d'humour, l'histoire d'un garnement dissipé que son père, pour lui mettre un peu de plomb dans la cervelle, fit enfermer autrefois dans la prison du château d'If. Le garnement s'appelait Mirabeau.

La traversée est trop courte au goût de Justino, collé au Pacha à qui il ne cesse de demander – avec le plus grand doute – si la vedette est conduite comme il faut. Sitôt pied à terre, les enfants s'élancent à l'assaut des murailles. Nous avons déjà fait, Grégoire et moi, plusieurs fois la visite et les laissons découvrir les cachots et les tours en compagnie de Jean-Philippe et d'Anastasia. Hélas ! hélas ! les mocassins neufs de mon mari torturent son œil-de-perdrix et il boite comme un malheureux. « Ce n'est pas grave, me console-t-il, un cuir finit toujours par se faire au pied. » Mais moi, je vois déjà mon ruineux cadeau de Noël relégué dans l'armoire, en compagnie des chandails flambant neufs auxquels, après les avoir portés trois jours pour me faire plaisir, il préfère ses vieilles loques ne craignant rien.

De la terrasse, nous admirons la rade de Marseille, le ballet des voiliers, les îles, débris de Maures, contre lesquelles se déchire le silence de la mer.

Charlotte est restée avec nous, songeuse, me semble-t-il. J'ai soudain la sensation désagréable d'un sursis bientôt terminé. Cela se traduit par une difficulté à respirer. Je remarque – est-ce un hasard ? : « Quel dommage qu'Audrey ne nous ait pas accompagnés, elle adore cette balade. » Charlotte ne répond pas. Grégoire pose la main sur l'épaule de sa fille. « A propos d'Audrey, je me demandais... »

Et c'est à cet instant que déboule dans nos jambes un petit garçon à bout de souffle : Justino. Il faut que nous venions tout de suite, vite ! Il y a eu un accident. Ils jouaient à l'évasion, Gauthier était Edmond Dantès, Tim et lui les geôliers, Capucine et Adèle les infirmières, il y avait des requins plein la mer, une tempête effroyable, ils couraient après le fuyard lorsque celui-ci est tombé à l'eau. Un monsieur qui ne parle pas la même langue l'a repêché.

Recroquevillé sur le quai dans une mare d'eau salée, Gauthier tremble de tous ses membres. Un groupe de touristes compatissants tentent en vain de le convaincre de retirer ses vêtements, il ne fait que répéter : « Papa ! Papa ! » tandis que, près de lui, bouleversé, Tim essaie de le calmer.

Voici enfin Jean-Philippe, suivi d'Anastasia. Gauthier accepte le pull de son père, la veste de Grégoire. Nous n'avons plus qu'à rentrer au *Cigalou* où il demandera à aller directement au lit. Audrey restera près de lui : elle non plus n'assistera pas au dîner.

— A propos d'Audrey, je me demande... a commencé Grégoire.

Nous aurons la réponse demain.

CHAPITRE 23

« Tu entends pour deux », remarque souvent Grégoire (non sans envie). C'est que, comme la plupart des femmes, j'ai une oreille supplémentaire directement reliée au cœur. Il suffit d'un enfant dans la maison et elle se branche automatiquement : enfant ou adolescent. Que de nuits semi-blanches ai-je passées lorsque mes filles sortaient le soir ! Je ne parvenais à dormir « vraiment » que lorsqu'elles étaient toutes les deux rentrées. Merci, mon Dieu, une fois encore elles avaient échappé au viol ou à l'enlèvement ! Après leur mariage, j'avais goûté à quelque temps de bienfaisant répit où, aux côtés de Grégoire, je dormais comme un loir mes huit heures d'affilée. Dès l'arrivée de mon premier petit-enfant, l'oreille supplémentaire s'est réveillée : coucou ! Je crains que ce ne soit reparti pour la vie.

J'entends d'abord la pluie qui tombe en cataracte. Serait-ce elle qui fait soudain battre mon cœur de Normande ? Ne rêvons pas ! C'est un craquement dans l'escalier qui mène au salon. Un craquement de cambrioleur. Nuit noire, à peine sept heures au réveil lumineux que je loge sous mon oreiller afin d'être au fait du temps sans réveiller mon commandant. A présent, c'est une porte que l'on referme : celle qui donne sur l'extérieur, me semble-t-il. Quelqu'un vient de sortir. Grégoire n'a rien entendu. L'infortuné n'a qu'une oreille et demie !

Je quitte le lit avec précaution et vais me glisser derrière le rideau de la fenêtre. Notre chambre donne sur la cour. Imperméable sur la tête, une personne munie d'un volumineux sac de voyage, se dirige à grands pas vers le portail d'entrée. Il n'y en a qu'une pour porter des talons hauts sous la pluie. J'ouvre la fenêtre pour l'appeler. Trop tard, elle a disparu ! Là-bas, sur le chemin, une portière de voiture claque : cette voiture s'éloigne.

— GRÉGOIRE ! Elle est partie !

Réveillé en sursaut, aveuglé par le plafonnier que je viens d'allumer, Grégoire se dresse sur le lit. Le vent emporte tout dans notre chambre.

— Mais ferme donc cette fenêtre ! Qui est parti ?

— Ta fille ! Audrey ! Une voiture est venue la chercher.

Et à cet instant la porte d'en bas s'ouvre à nouveau. Cette fois, je me précipite.

Dans le salon, en pyjama devant le rideau de pluie, Timothée regarde la cour déserte.

— Elle a appelé un taxi, dit-il d'une voix sourde. C'est ma faute. J'aurais pas dû lui dire.

Je cours refermer la porte, entoure mon grand petit garçon de mes bras. J'ai un kilo de plomb dans la gorge : voir couler les larmes, surtout sur des joues où du duvet commence à pousser, je ne supporte pas.

— Raconte ! Que s'est-il passé ?

Tim ne répond pas. Il se tient tout raide contre moi, se défendant de la souffrance.

— Peut-on savoir où Audrey est partie ? demande Grégoire en apparaissant dans le salon.

Il a enfilé pantalon et babouches. En plein tremblement de terre cet homme ne quitterait pas sa chambre sans avoir revêtu une « tenue décente » *(sic).*

— Elle a dit au taxi : « C'est pour l'aéroport », je l'ai entendue, je ne pouvais pas dormir, répond Timothée. L'aéroport de Toulon.

Grégoire me regarde.

— Mais pourquoi ?

— Les salauds... explose alors Tim en bourrant de coups de pied le sapin de Noël qui proteste par une pluie d'aiguilles. Les salauds... les salauds !...

Cette fois, ce sont des sanglots. Grégoire attrape son petit-fils par le bras, le conduit de force au canapé où il l'assoit à ses côtés :

— De qui parles-tu ?

— De papa... et cette putain d'Anastasia.

NON ! Mon cœur a bondi : pas ça, c'est impossible !

— Explique-toi ! ordonne Grégoire d'une voix blanche.

Tim met quelques secondes à démarrer puis tout vient, avec douleur, avec haine. Anastasia n'arrêtait pas de draguer son père. Et son père, il fallait voir comme il bichait. Et puis hier, au château d'If, alors qu'ils jouaient à l'évasion avec les petites, qui voit-il au fond d'un cachot ? Jean-Philippe et Anastasia dans les bras l'un de l'autre comme des amoureux.

— Que veux-tu dire par « comme des amoureux », interroge Grégoire avec effort, ils s'embrassaient ?

— Pas encore, mais ça n'allait pas tarder, c'est sûr !

— Et ils t'ont vu ?

Tim secoue négativement la tête.

— On s'est sauvés avant.

— On ? Tu n'étais donc pas seul ?

— Gauthier était avec moi. D'ailleurs, si vous voulez

savoir, c'est pour ça qu'il s'est jeté à la mer, ce n'était pas un accident.

Grégoire se lève, tourne autour du sapin enguirlandé. Pour Anastasia, il avait choisi un joli collier fantaisie. Depuis les pâtes de pommes, il se montrait particulièrement affectueux avec elle. Oui : la salope !

— Viens là ! ordonne le grand-père.

Du dos de la main, Tim essuie rageusement ses yeux puis se rapproche de Grégoire qui pose ses grosses pattes sur ses épaules.

— Regarde-moi !

Le ton militaire, réservé aux grandes occasions. Exécution immédiate.

— Il ne s'est rien passé de grave entre ton père et Anastasia, affirme Grégoire. Elle s'est jetée à son cou comme elle le fait avec tout ce qui porte pantalon, un point c'est tout. Je te garantis que jamais ce ne serait allé plus loin que ce que vous avez vu, ton frère et toi.

Lorsque Grégoire garantit quelque chose, on peut lui faire confiance et le ton de notre Tim est déjà plus léger lorsqu'il s'explique.

— J'ai tout raconté à maman hier. Elle s'est bagarrée avec papa et après il est allé dormir chez Hugo.

J'interroge :

— Et Anastasia ?

Le ton se refait dur.

— Hier, elle était sortie. Elle sait rien.

En effet, emmenée à Saint-Tropez par des amis de Fée, parents d'adolescents de son âge (les pauvres !), Anastasia n'avait pas dîné avec nous.

— Babou, est-ce qu'ils vont divorcer ? demande Tim.

— Qu'est-ce que tu racontes là ? Tu es fou ?

Mais la voix d'Audrey jeune fille résonne à mon

oreille : « Plus tard, si mon mari me trompe, je le plaque. »

Grégoire regarde sa montre.

— A condition de se dépêcher, on a le temps de la rattraper.

Tim bondit.

— Je peux venir avec vous ?

— Pas question, tu attends là. Et si on te demande où nous sommes... eh bien !... tu diras qu'on est allés se promener.

Et là, j'ai réussi à tirer un timide sourire à Tim, en grimaçant vers les cataractes qui s'abattaient à l'extérieur : « Se promener »... Même dans les cas tragiques, cet homme sait être drôle : finalement, j'ai bien fait de l'épouser.

En trois minutes, nous avons été habillés. Évidemment, Grégoire ne retrouvait plus les clés de la voiture qu'Hugo avait mise à notre disposition durant le séjour. Non seulement il perd les siennes mais également celles des autres, sans compter les clés de la maison, c'est une manie. Il aura passé à fouiller fébrilement ses poches une bonne partie de sa vie. Dire que quand il m'aura quittée, c'est le genre de souvenir qui m'attendrira, je me connais.

Bref, nous sommes allés frapper à la porte de la ferme pour demander leur double à mon frère.

Hugo s'apprêtait à sortir. Il était dans tous ses états ayant vu, lui aussi, Audrey s'en aller. Jean-Philippe dormait, terrassé par un somnifère pris à trois heures du matin. Devait-il le réveiller ?

— Tu ne réveilles personne, on va essayer de la rattraper avant qu'elle prenne son foutu avion, a décidé Grégoire qui venait de retrouver ses clés dans sa poche.

Hugo a proposé de nous conduire. Connaissant la route par cœur, il gagnerait du temps. Mais Grégoire n'a rien voulu savoir. « Va plutôt consoler Tim, il est dans tous ses états. Regarde aussi du côté de Gauthier qu'il ne se rejette pas à l'eau et, pour l'amour du ciel, arrange-toi pour que ta mère reste en dehors du coup. » Moi, j'étais déjà dans la voiture, bien décidée à m'y incruster s'il décidait de se passer aussi de ma personne.

Durant le trajet que mon homme a effectué en se prenant pour un pilote de formule un, j'ai essayé de relativiser les choses en évoquant ma folle jeunesse. Lorsque j'avais seize ans, mon amour, j'étais comme Anastasia. Je découvrais que je plaisais et c'était fabuleux, voilà que j'existais, on se retournait sur moi, on me sifflait ! Presque chaque après-midi, au lieu de faire mon travail de classe, je revêtais mes plus beaux atours, me couvrais de rouge-baiser et de parfums envoûtants et j'allais arpenter les rues de Caen rien que pour le plaisir de voir les hommes tourner vers moi des regards concupiscents. Tous étaient bons à attraper. En dehors de mes copains de classe que je trouvais jeunes, laids et boutonneux, je m'étais employée à séduire tour à tour ou conjointement mon professeur de gym et celui de mathématiques, le libraire, le père de ma meilleure amie et si le pape était passé par là, j'aurais essayé – pardon – mes irrésistibles charmes sur lui. J'agissais en toute innocence, sans savoir de quelle façon le désir se manifestait chez les hommes ni me douter que mon attitude pouvait prêter à conséquence. Jusqu'au jour béni où la personne présentement assise à mes côtés avait croisé mon chemin et que je n'avais plus vu qu'elle, que TOI, qui m'as fait comprendre, de façon plutôt

agréable, ma foi, les risques encourus par mon attitude.

— Mais qu'est-ce que c'est que ces histoires ? a râlé
le conducteur qui luttait à présent non seulement
contre la montre et les éléments déchaînés, mais aussi
contre le doute concernant le passé. Tu ne m'avais
jamais raconté ça !

— Grand Dieu non ! Si je l'avais fait, m'aurais-tu
épousée ?

— Certainement pas.

Je m'en doutais ! Déjà, il m'avait fait languir durant
presque deux ans avant de m'accorder sa main. Il
cherchait une jeune fille sérieuse, les pieds sur terre,
qui se consacrerait à sa précieuse personne, lui don-
nerait des enfants élevés au cordeau, auxquels elle
tricoterait des chandails tandis qu'il se prélasserait sur
sa *Jeanne*. Rien que le fait que je « barbouille » et mon
souhait d'entrer aux Beaux-Arts ne lui disaient rien
qui vaille alors s'il avait su...

— Tes... entreprises de séduction, est-ce bien certain
qu'elles ont été terminées après moi ? a-t-il demandé
avec soupçon.

— Après toi, il n'y a plus eu que vous, mon cher !

Le cher a semblé perplexe, c'est un homme qui a
le sens des réalités. Quoi qu'il en soit, j'avais réussi à
détourner le cours de sa colère, il ne me restait plus
qu'à faire le lien entre mes aventures de jeunesse et
la personne qui nous réunissait dans cette voiture
alors que nous aurions pu être si bien sous la couette
à écouter tomber la pluie.

— Eh bien ! tu vois, pour Anastasia, c'est exactement la même chose : une façon de se prouver qu'elle
existe. L'ennui est que dans sa génération on vit pratiquement toute nue ce qui décuple les risques. Mais,
comme tu l'as si bien dit tout à l'heure à Tim, je suis

certaine, moi aussi, qu'elle n'aurait pas été plus loin. Nous ne sommes ni dans *Dallas,* ni dans *Dynastie,* mais avec *Hélène et les garçons.*

Lorsque je suis angoissée, j'ai tendance à plaisanter par mesure de protection. Certaine de la pureté des intentions de la petite, je ne l'étais pas tant que ça. Car la différence entre elle et l'inconsciente oie blanche que j'étais à son âge est qu'elle savait fort bien, elle, l'effet que sa beauté produisait sur les hommes, si tant est qu'elle ne l'ait pas expérimenté. Les préservatifs musicaux (trois petites notes tendres lorsque vous les sortez de leur emballage) que Charlotte avait trouvés sur la commode d'Anastasia, soi-disant offerts à elle par un copain, indiquaient que c'était une jeune fille branchée.

En attendant, Grégoire ne desserrait plus les dents et nous arrivions sur le parking de l'aéroport.

CHAPITRE 24

Je suppose que les passagers du Toulon-Hyères-Paris, n'ont jamais su pourquoi leur avion avait pris une bonne demi-heure de retard, ce vendredi de fin décembre. Certainement ont-ils évoqué la mauvaise visibilité causée par la pluie qui noyait le paysage, ou un incident technique, mais aucun n'a dû imaginer que la cause en était une scène de famille.

Par bonheur pour l'entente de cette famille, Audrey n'avait pas encore atteint la salle d'embarquement lorsque nous sommes arrivés. Munie de sa carte, elle attendait de passer au détecteur. Nous voyant apparaître, son visage s'est rempli d'incrédulité. Avant de se refermer ! Grégoire s'est faufilé jusqu'à elle :

– Aurais-tu une minute à consacrer à tes parents ?

La réponse a fusé :

– Tu vois bien que non.

– Alors nous parlerons ici, a décidé tranquillement mon mari qui, pourtant, ne supporte pas les déballages de sentiments, les scènes ou règlements de comptes publics, monnaie courante dans notre société où on lave plus volontiers son linge sale devant des millions de téléspectateurs que dans l'intimité du foyer. Prends cet avion et, d'un simple incident de parcours, tu fais un drame durable.

— Un simple accident de parcours, mon mari et cette garce ? a explosé Audrey.

Le jeune militaire qui régulait la file des passagers nous a regardés d'un œil soupçonneux. Les passagers, eux, n'avançaient plus que mollement, cherchant à saisir le thème du *reality-show* que nous leur offrions.

— Anastasia n'est qu'une effrontée et ton mari un âne bâté, a résumé Grégoire dans le langage rétro qui lui est cher. Tu ne vas pas bousiller pour autant la vie de trois enfants.

Quelques passagers ont approuvé vigoureusement du chef. Audrey les a fusillés du regard.

— Et ma vie à moi, qui y songe ? a demandé à la cantonade cette fille d'ordinaire si réservée mais dont les yeux rougis laissaient deviner la nuit mouvementée qu'elle avait passée à cause de l'âne bâté.

Nous arrivions au tapis roulant.

— Peut-on savoir qui embarque parmi vous ? s'est renseigné le militaire.

— Voilà justement ce dont nous discutons, brigadier, a répondu Grégoire. Accordez-nous encore une petite minute, s'il vous plaît.

Et il a entraîné Audrey sur le côté afin de libérer le passage.

— De toute façon, c'est trop tard, a déclaré celle-ci. J'ai enregistré mon bagage, il y a dedans ma tenue neuve de réveillon et mon coffret à bijoux, pas question de les laisser partir sans moi.

Là, tout le monde a compris que la partie était gagnée pour les parents. Le visage de Grégoire s'est détendu.

— Pas de problème pour ton bagage, fais-moi confiance.

Voici donc la cause exacte du retard de l'avion Toulon-Hyères-Paris de ce vendredi matin : récupérer dans les soutes de l'avion un sac de voyage d'une grande marque italienne contenant les précieux atours de notre fille aînée. Au brigadier-chef de la PAF (police de l'air et des frontières) qui manifestait son irritation, Grégoire a expliqué que sa fille, ayant renoncé à prendre ce vol, un bagage s'y trouvait non accompagné. S'il ne se trompait pas, le règlement stipulait de s'assurer que tout bagage non accompagné n'était pas piégé. Le brigadier-chef n'avait donc d'autre solution que de faire reconnaître celui-ci par la passagère.

Si je ne me trompe pas, moi, cela s'appelle un chantage !

Durant la fouille de la soute, nous nous sommes installés au bar de l'aéroport et là, dans le bruit familier et amical d'une bonne pluie, tout en dévorant un croissant, Audrey nous en a appris davantage sur elle en quelques minutes que durant des années.

Elle en avait plus qu'assez d'être la fille sans histoire, celle sur laquelle nul ne se posait de questions, à qui rien de grave ne pouvait arriver. Et ce n'était pas nouveau ! Il y avait toujours eu d'un côté elle, la RAS (rien à signaler), et de l'autre Charlotte, l'instable, la volcanique Mururoa sur laquelle tous les yeux étaient fixés, pour laquelle tout le monde tremblait. Avec le retour de Thibaut du Brésil, le favoritisme s'était étendu aux enfants : Tim et Gauthier étaient devenus RAS à leur tour, il n'y en avait plus que pour Justino.

Grégoire a protesté : Audrey devait savoir qu'il aimait tous ses petits-enfants également. « L'amour se juge aux actes », a rétorqué Audrey. Et qui avait le droit d'assister à ses sacro-saintes parties de

Scrabble ? Qui le Pacha emmenait-il régulièrement chez le coiffeur pour rafraîchissement de la nuque et des côtés ? Sur l'assiette de qui fermait-il le plus volontiers les yeux lorsqu'elle disparaissait sous le ketchup ? Justino, Justino et encore Justino !

— N'oublie quand même pas ce qui lui est arrivé, s'est défendu Grégoire.

Elle a eu un rire amer.

— Le régime de faveur date de bien avant Bluchard !

— C'est qu'il n'a plus de mère...

— Ce n'est pas une raison pour priver de grand-père tes autres petits-enfants, a rétorqué (injustement) Audrey.

Sur ce, elle a réclamé un second croissant et ce soudain appétit d'une fille en général du genre à picorer donnait tout son sens à l'expression : « En avoir gros sur l'estomac. » C'était plaisir de voir cet estomac se libérer.

S'y trouvaient encore les Karatine.

Ceux-là, pas un pour racheter l'autre ! En tête, la salope qui draguait les hommes mariés et finirait comme Galina. A y ajouter un prince russe cinglé, un gamin sans reins et, à présent, Capucine, entrée dans la danse avec ses *GIRLS* et qui avait sur Adèle une influence détestable. Bref, une vraie calamité, les Karatine.

— Ne crois-tu pas que tu exagères un peu ? ai-je demandé, volant à la rescousse du tiers de la famille.

Son regard s'est posé sur moi, si triste, me perçant le cœur.

— Tu ne me regardes plus, maman ! Tu ne t'es même pas aperçue que les week-ends à *La Maison*, depuis que cette pute passe son temps à tournicoter toute nue autour de Jean-Philippe, étaient devenus l'enfer pour moi. Elle aura même réussi à me gâcher ça, *La Maison* !

Ma gorge s'est bloquée : rien à répondre pour ma défense. Effectivement, je ne m'étais aperçue de rien. C'est tellement agréable, une fille supposée forte, tellement rassurant ! Je n'avais pas pris le temps de la regarder, je n'avais pas su l'aimer comme il faut.

— Et puisque vous tenez à le savoir, a-t-elle conclu, il y a une chose que je ne supporte plus, c'est que Jean-Philippe me fasse l'amour en pensant à elle.

— Mais qu'en sais-tu ? me suis-je écriée tandis que Grégoire nous adressait moult signes désespérés afin que nous baissions le ton.

— Lorsque cela se passe régulièrement le dimanche soir, après deux jours de danse du ventre de cette petite grue, on a tendance à en tirer les conclusions, a répondu Audrey.

Dans les haut-parleurs, on a appelé : « Monsieur Michon... monsieur Michon, dernier appel pour le vol en direction de Paris... » Pauvre M. Michon qui était peut-être allé téléphoner afin de signaler son retard et risquait à présent de manquer son avion ! Ce retard, Orly en connaissait-il la cause ? NOUS ? Toute la journée risquait d'en être perturbée, quelle histoire !

— Puis-je te révéler le fond de ma pensée ? a demandé Grégoire à sa fille.

— Elle est transparente, ta pensée ! Tu vas me dire qu'Anastasia n'est qu'une gamine inconsciente.

— Au contraire, Anastasia sait parfaitement ce qu'elle fait, a tranché le père.

Mère et fille en sont restées baba.

— Développe, a demandé faiblement Audrey.

Grégoire a développé : à seize ans, un certain nombre de filles perdaient complètement la tête (regard noir en direction de l'épouse). Découvrant leur pouvoir sur ces pauvres hommes, dotés par la nature en vue de la propagation de l'espèce d'une particulière sensibilité aux charmes du sexe opposé, elles faisaient des ravages dans leurs rangs. Telle Anastasia ! Pourquoi le nier ? Hugo, Jean-Philippe, comme lui-même d'ailleurs (Oh !) n'étaient pas insensibles aux danses du ventre de la donzelle (et de quelle façon s'il te plaît ?). Mais cela s'arrêtait là (encore heureux !) et jamais l'âne bâté, Grégoire en mettait sa main au feu, ne serait allé plus loin que ce que les garçons avaient surpris dans le cachot du château d'If. Pas plus qu'Anastasia d'ailleurs. Pour elle, Jean-Philippe n'était qu'un parmi la foule des mâles à conquérir. Sans doute n'en reviendrait-elle pas de la tempête qu'elle avait déclenchée. Bref, restait à espérer qu'elle rencontrerait en vitesse le solide gaillard qui lui conviendrait et arrêterait (nouveau regard noir vers l'épouse) son détestable petit jeu.

Audrey était bluffée ! Cela devait être la première fois que son père, de nature peu expansive comme chacun sait, lui parlait d'homme à femme (je n'ai pas dit d'homme-à-femmes). Pleine d'espoir, elle s'est tournée vers moi :

– Tu es d'accord, maman ? Ce n'est pas seulement Jean-Philippe, c'est tous les bonshommes qu'elle drague, cette traînée ? Et c'est seulement un jeu pour elle ?

– Je le faisais remarquer à ton père en venant te chercher, ai-je répondu sans me mettre en avant. Et j'ai ajouté : Quant à toi, la RAS, apprête-toi à ce que désormais nous t'ayons à l'œil.

– Pas trop quand même, *please*, a-t-elle répondu d'une voix chevrotante.

Et si les haut-parleurs n'avaient réclamé : « Madame de Réville... madame de Réville, aux bureaux de la police de l'air s'il vous plaît », nous serions sans doute, en heureux épilogue du *reality-show*, tombés en pleurs dans les bras les uns des autres.

Lorsque nous sommes arrivés au *Cigalou*, une cellule de crise était réunie à la salle à manger. Anastasia dormait encore.

CHAPITRE 25

Félicie Provensal trône au bout de la table dans un flot de percale rose (Père Noël). Autour d'elle : Hugo, grave, Jean-Philippe, non rasé – c'est historique –, Charlotte crispée et, côte à côte, nos trois garçons : Tim, Gauthier et Justino. Sur la nappe damassée, sortie pour les fêtes de son papier de soie : thé, café, chocolat, confitures, miel de pays, brioches, boule de campagne et beurre frais. Apparemment, rien n'a encore été touché.

On entend dans la chambre des filles les rugissements électroniques d'un tyranosaure (Père Noël) auquel elles sacrifient leurs poupées pour mieux jouer les mères après.

– La voilà ! Qu'est-ce que je vous avais dit, triomphe maman.

Je perçois le soupir de Grégoire : pour une rentrée discrète... Voyant apparaître sa femme, Jean-Philippe s'est levé. Il la regarde d'un air de chien battu. Audrey l'ignore. Tim et Gauthier sont déjà dans ses bras. Justino s'est emparé de la main de son grand-père. « J'ai gardé ta place, Pacha. » Comment voulez-vous qu'il ne craque pas ?

— A présent, les garçons, laissez-nous, s'il vous plaît, ordonne Fée.

Ils obtempèrent avec regret. Je remarque qu'au passage Gauthier embarque la boule de campagne : quand l'appétit va, tout va ! Sitôt la porte refermée, Félicie se tourne vers Audrey :

— Toi, viens là !

Visage à nouveau hostile, Audrey prend place à côté de sa grand-mère qui la regarde d'un air sévère :

— A l'époque de la défonce (oh !), on ne fait pas un coup pareil à deux garçons de l'âge des tiens, tranche-t-elle. On ne se venge pas d'un fada inconscient en cassant la baraque sur la tête des innocents.

Le fada inconscient (doublé de l'âne bâté) recroqueville son mètre quatre-vingt-dix sur sa chaise. Audrey ne répond pas. Charlotte fait changer tout le monde de place pour venir s'asseoir près de sa sœur.

— Pourquoi ne m'as-tu rien dit ?

Audrey se dresse tel un serpent.

— A toi ? Comme s'il ne crevait pas les yeux le manège de cette garce ! Mais tu lui passes tout, on dirait qu'elle te fait peur. Bonjour l'autorité !

— Si tu crois que c'est facile d'avoir des beaux-enfants ! se rebiffe Charlotte. Les tiens sont tous de toi, tu ne peux pas comprendre.

— Moi je ne change pas de mari comme de chemise !

Les filles s'affrontent. Avec colère. Osons le dire, avec haine. Grégoire ouvre la bouche pour intervenir ; un geste de Félicie la lui referme. Laissons-les régler leurs comptes. On peut s'aimer profondément et avoir parfois envie de liquider l'autre, l'effacer, s'en débarrasser. Parce qu'on lui est trop attaché justement. Est-on bête de s'encombrer ainsi le cœur avec une personne qui n'en vaut pas la peine alors qu'il y en a tellement de plus agréables alentour !

Côté cuisine, une odeur de pain grillé monte. Le regard de Grégoire croise le mien, complice. Allons, tout n'est pas perdu, les traditions demeurent : tartines-pansements, tartines-réconciliation... En attendant, c'est au tour de Charlotte de vider son sac et, là encore, nous allons découvrir – parents aveugles – que ce sac débordait.

Même si notre cadette aime Boris et ne regrette rien (ouf !), il ne faut pas en conclure que c'est facile d'assumer. Anastasia, plutôt sympa au début, devient diabolique avec l'âge et la regarde comme si elle lui avait volé son père. Impossible de trouver le contact avec Dimitri qui joue *to be or not to be* à longueur de journée. Remonter le moral de Victor est tuant. A ajouter à la liste que tous les trois sont jaloux de Tatiana qu'ils ont surnommée la « vraie »... Celle qui a son vrai papa et sa vraie maman à la maison. Bref, si nous croyons que c'est tous les jours l'éclat, nous nous trompons.

– Éclat ou non, ce n'est pas une raison pour laisser cette buse draguer ce cornichon taré, répond Audrey en regardant pour la première fois le ci-nommé.

Et la pitié m'emplit pour mon si convenable gendre (enfin, convenable...) qui voit étalés devant tous les plus secrets de ses désirs. Et j'ai envie de lui envoyer un signe pour lui dire que je l'aime quand même.

– Ce qu'il y a, conclut Audrey, c'est que cette fille a un mauvais fond. Vous en voulez la preuve ? L'été dernier, alors que je lui demandais de condescendre à mettre un soutien-gorge lorsqu'elle se baladait à *La Maison*, elle m'a répondu qu'elle ne verrait aucun inconvénient à ce que je montre ma poitrine. Comme si elle ne savait pas qu'après trois enfants nourris au sein, une poitrine, c'est foutu.

« Foutu »... Sa voix s'est brisée sur ce mot, le silence tombe, l'émotion, si l'on peut dire, prend un tournant. Car nous découvrons que cette histoire de poitrine est une vraie souffrance pour Audrey. *Mea culpa*, je n'ai pas vu ma fille toute nue depuis son mariage, aussi ignorais-je le désastre. Hugo bourre fébrilement sa pipe, Grégoire regarde la pluie festonner sur les pavés de la cour. Derrière la porte, nous percevons un conciliabule et soudain, poussé par ses cousins, « Chouchou Ier » (Justino) entre comme une fusée, pose sur la table une montagne de tartines grillées puis s'évapore.

— Ce n'est pas pour sa poitrine que l'on aime son épouse devant Dieu, décrète Félicie.

— Eh bien lui, si ! réplique Audrey en foudroyant Jean-Philippe du regard. Ce n'est pas mon âme que ce salaud a remarqué en premier, ce sont mes seins. Il me l'a même dit : « Enfin, une véritable poitrine ! »

La gêne est générale. Le pauvre Jean-Philippe fixe obstinément sa tasse vide. Et soudain, voici Charlotte prise de fou rire.

— Il faut reconnaître que côté corsage, chez les Réville, c'est morne plaine, s'étouffe-t-elle. Aucun risque de chute puisqu'il n'y a rien.

— Charlotte, quand même ! proteste Jean-Philippe, retrouvant sa langue pour défendre l'honneur familial.

— Pardon, hoquette Charlotte, tandis que, sous le regard incrédule de Grégoire, le fou rire me gagne à mon tour, avant de s'emparer de Félicie. Audrey en est toute proche lorsque la porte s'ouvre.

Elle s'ouvre sur une « véritable poitrine », celle d'Anastasia, mouvante sous le long T-shirt-chemise de nuit. Cheveux en bataille, yeux à peine ouverts, elle sort visiblement du sommeil. Son regard ravi fait le tour de la joyeuse assemblée.

– Chouette, vous êtes encore à table ? J'espère qu'il reste du chocolat chaud. Et qu'est-ce qu'on fait comme balade aujourd'hui ?

CHAPITRE 26

Hugo nous a amené Blanche au réveillon du Premier de l'An. Elle portait une tenue catastrophique qu'elle avait dû choisir avec le plus grand soin pour l'occasion : entre la robe de bal des débutantes à Vienne et le traditionnel costume provençal. Sa coiffure ressemblait étrangement à une barbe à papa.

Le pas franchi, il fallait voir mon frère, la regardant comme si plus belle n'existait pas, à la fois fier et incrédule devant le bonheur de nous présenter la femme qu'il aimait, s'efforçant de la mettre en valeur : elle fait si bien ceci... elle est incomparable en cela...

Maman a été épatante. Elle l'a accueillie en jeune fiancée, l'a serrée contre son cœur et caché sous sa serviette un médaillon tiré du coffret à bijoux familial, destiné en principe à recevoir une boucle de cheveux du premier garçon. Le mariage aurait lieu à l'automne prochain et tant pis pour les langues de vipère qui ne manqueraient pas de compter les jours et savourer à leur façon ce remariage précoce.

Les petites étaient tout étonnées que l'on puisse encore se marier lorsqu'on était si vieux. « Est-ce que vous aurez des bébés ? » a demandé naïvement Adèle, déclenchant les ricanements féroces de ses frères.

Blanche lui a expliqué avec grand naturel qu'elle n'avait jamais réussi à avoir de bébé avec son premier mari qui était monté au Ciel et que maintenant c'était trop tard. « Mais si tu le veux bien, tu seras ma petite fille à moi », a-t-elle proposé. Adèle n'était pas emballée à cause de la barbe à papa, mais elle a dit « oui » par politesse.

— Et toi, Babou, est-ce que tu prendras un deuxième mari quand le Pacha sera monté au Ciel ? a interrogé Capucine, l'eau à la bouche.

Tandis que je me sondais, Justino a répondu pour moi avec indignation : « Jamais Babou ne se remariera. » Tout le monde a applaudi. C'est gai !

Le menu du réveillon qui, cette fois, se tenait chez Félicie, avait été gardé secret jusqu'au bout. Il s'agissait d'un cuissot du fameux sanglier, victime d'Hugo à l'automne. Mis au congélateur, puis dans la marinade, il avait été cuisiné sauce chasseur par Blanche. Les enfants, tous écolos, ont refusé d'y goûter. J'ai horreur du gibier. Quant à Grégoire qui l'apprécie, il lui donne la goutte. Pour ne pas peiner nos hôtes, nous avons héroïquement vidé nos assiettes tandis que les « paysans », Félicie, Hugo et Blanche, en reprenaient plutôt trois fois qu'une. Anastasia, prête à tout pour racheter sa mauvaise conduite, a déclaré qu'il avait un délicieux goût de forêt.

Notre vendeuse de pâtes de pommes avait été convoquée dans les appartements de la reine mère après le tardif petit déjeuner, maman jugeant être la mieux placée pour lui parler. « Admettons qu'elle m'en veuille, quelle importance puisque bientôt je ne serai plus là ? » nous avait-elle fait remarquer. Maman adore jouer de son grand âge et lorsque nul ne proteste, elle est furieuse.

Elles étaient restées plus d'une heure ensemble et il n'avait échappé à personne qu'Anastasia avait les yeux rouges en sortant de la chambre.

« Elle ne s'y frottera plus », avait brièvement résumé Fée après l'entrevue.

Et comme Charlotte ne résistait pas à lui demander : « Mais de quoi avez-vous parlé si longtemps ? » Elle avait répondu : « Du sida. »

A moi, ma mère en a révélé un peu plus. Une réflexion d'Anastasia lui a mis le cœur à l'envers : « Nous, quand on pense à l'amour, même avec un grand A, on pense aussitôt à la mort, avait remarqué la petite. Vous aviez de la chance, vous ! Vous aviez droit à l'erreur. »

Était-ce pour cette raison qu'elle avait jeté son dévolu sur notre sage Jean-Philippe ? J'ai pris la résolution de ne plus me tourmenter avec des questions stériles. Du coup, j'y pense tout le temps.

Bref, nos pécheurs repentis vivaient à présent aussi éloignés que possible l'un de l'autre, ne se regardant plus, ne s'adressant plus la parole. Cela faisait bizarre ; nous devrions à présent travailler à les rapprocher, juste ce qu'il fallait. Quelle complication, la vie !

Profitant d'une éclaircie car la pluie s'obstinait à tomber à la joie des propriétaires de puits à sec, Grégoire a été confesser Jean-Philippe dans les pins. S'il n'évoquait pas ce qui s'était passé, une ombre resterait entre eux, craignait-il. Grégoire aime bien le « fada inconscient ».

Il est probable qu'ils ont à peine échangé trois mots, étant aussi réservés l'un que l'autre, mais quand ils sont rentrés, à leur œil allumé, nous avons

compris qu'ils étaient passés par le café de Grimaud
boire le verre de la paix.

« Finalement, m'a fait remarquer Grégoire. Il n'y
avait pas de quoi en faire un plat. »

SI !

Durant des mois, notre fille avait souffert de
jalousie sans que nous nous en apercevions. Quelle
douleur, la jalousie ! Je le savais pour avoir cru
mourir en surprenant autrefois mon jeune et bel officier serrant dans ses bras une créature de rêve. Jusqu'à ce que j'apprenne qu'il s'agissait d'une lointaine
cousine qu'il considérait comme sa sœur.

SI !

Car nous avions oublié qu'il n'existe pas de vie sans
histoire, de couple RAS. « D'ailleurs, ai-je fait remarquer à Grégoire, une vie sans histoire, comme celle de
Maurice et de Marguerite par exemple, regarde où ça
conduit ! L'un des deux finit par tout faire sauter. »

Grégoire a réfléchi : « D'après toi, avons-nous une
vie sans histoire ? » a-t-il demandé d'un ton préoc-
cupé.

Je me suis bien gardée de répondre : le doute est
excellent pour la régénération du couple.

Durant le souper de réveillon, afin de distraire les
enfants jusqu'au baiser de minuit, Hugo a confec-
tionné des lanternes magiques, sa grande spécialité.
Vous choisissez une mandarine (molle), découpez un
large chapeau, la videz de ses quartiers en prenant
soin de ne pas abîmer la petite touffe de filaments qui
servira de mèche, imbibez celle-ci d'huile, ouvrez
quelques fenêtres dans la peau, allumez la mèche,
éteignez vite toutes les lumières. Merveille, ça
marche !

Ce qui a également très bien marché, c'est le téléphone portatif que Charlotte avait offert à sa grand-

mère pour Noël : un modèle haut de gamme, le plus cher (normal pour une ruinée). Notre cadette a la détestable habitude de mettre toujours le haut-parleur lorsqu'elle se sert de cet appareil afin de montrer à tous sa transparence d'âme. Lorsque, à minuit pile, Boris a appelé pour lui dire qu'il l'aimait, qu'elle lui manquait terriblement, qu'il la désirait très fort, comme ceci et comme cela, tout le monde a profité du cours d'éducation sexuelle avant qu'elle ait réussi à détourner la conversation sur les fiançailles d'Hugo.

Nous avons pu entendre ensuite Boris demander à Fée si le séjour s'était passé sans encombre. « Comme sur des roulettes », a répondu celle-ci avec un regard en coin vers Audrey. Enfin, après avoir embrassé très fort Anastasia, mon gendre a demandé à me parler.

Transparence ou non, j'ai coupé le haut-parleur. Bien m'en a pris, car la bonne surprise annoncée par mon Ruskoff m'a à la fois émue et laissée perplexe. Nous en reparlerons.

Mais la plus fabuleuse surprise, c'est Hugo qui la réservait à Audrey !

La veille de notre départ, mon frère a entraîné sa filleule dans ses vignes. Afin d'éviter le tête-à-tête qui l'a toujours terrorisé – sauf avec sa mère, ma personne et, je l'espère de tout mon cœur, Blanche –, il avait emmené Gribouille.

– Voilà, a-t-il commencé après s'être abondamment raclé la gorge. Ma Blanche a une amie qui connaissait tes petits ennuis. Elle s'est fait faire une opération esthétique et maintenant elle a la plus belle poitrine de Cogolin.

Tout étonnée, Audrey se demandait où son parrain voulait en venir. Il y est venu, rougissant comme l'Esterel au soleil couchant :

– J'ai décidé de t'offrir cette intervention. Si tu refusais tu me ferais beaucoup de peine.

Après être restée un moment sans voix, Audrey a fait remarquer à Hugo que l'opération (tiens, tiens, nous serions-nous donc renseignée ?) coûtait les yeux de la tête. C'est alors qu'il a eu cette phrase mémorable dont je rirai jusqu'à mon dernier souffle.

– Tu sais, tes seins neufs, ils me feront une belle jambe dans mon cercueil.

Et face à cet argument de choc, Audrey a accepté.

CHAPITRE 27

Il arrive que, dans certains rêves, on ne reconnaisse plus un lieu pourtant familier. C'est bien là, mais c'est ailleurs aussi, les repères ont changé, on se sent comme étranger chez soi, perdu.

C'est bien notre jardin, nos pommiers, les six enfants-chênes, mais une rangée d'arbustes au feuillage varié forme une haie épaisse qui sépare notre territoire de celui des Karatine et modifie le paysage. C'est certainement *La Géode*, là-haut, mais au fur et à mesure que nous en approchons, elle aussi nargue le souvenir. Où est passée la large porte-fenêtre par laquelle les enfants déboulaient sur la pelouse et, dans l'élan, atterrissaient au pied de *La Maison* ? Plus de porte-fenêtre. Là encore, on a abondamment planté.

— Tout ça sera en fleurs pour l'ouverture du restaurant ! pavoise Charlotte. D'en bas, c'est tout ce que vous verrez : rhodos, azalées, camélias, j'en passe et des plus beaux. Ça vous va, les parents ? Pas trop sonnés ?

Complètement sonnés, les parents ! Partis ce matin de Toulon (vol dit d'« Audrey »), nous avons débarqué cinq heures plus tard en gare de Caen où Boris nous attendait. Les taxis réservés par lui ont emmené les Réville chez eux et nous à *La Maison* tandis que notre gendre rapatriait sa famille dans la Daimler. Et une demi-heure plus tard, à peine les valises posées, voilà Charlotte qui accourt : « Venez voir, c'est extra ! »

C'est extra ! Et, comme tout ce qu'entreprennent les Karatine, démesuré. Arrivé à la haie (althæas, acacias et même, me semble-t-il, un cognassier du Japon), Grégoire s'arrête : « Continuez seules, les femmes, j'ai à faire. »

Sans nous laisser le temps de protester, il file vers la maison, il fuit, se cramponnant à sa stupide résolution : « Ouvrez Disneyland si vous voulez, mais sachez que je ne mettrai plus jamais les pieds là-haut... » Charlotte le suit des yeux, consternée. Apparemment, elle espérait bien cette fois, sous le coup de la surprise, vaincre la résistance. C'est raté.

– Ligne Maginot ! rouspète-t-elle. Tu crois que ça va durer longtemps, cette drôle de guerre ?

– Toutes les guerres ont une fin. En attendant, si tu m'expliquais où est passée la porte de ta maison ?

– Justement ! C'est pour LUI qu'on l'a changée de côté. Pour que les clients n'aillent pas se balader dans ses précieuses plates-bandes...

La Géode ouvre maintenant sur la cour, hors de notre vue. La porte est devenue portail, presque aussi orné que celui d'une église orthodoxe. Et qui m'y accueille ? Boris, bien sûr, dont le sourire s'efface en ne trouvant pas Grégoire à mes côtés, mais aussi Diane et Marie-Rose qui rient de ma surprise. Que font-elles là, mes amies ?

Et j'apprends... Qu'alors que nous nous prélassions au *Cigalou*, ici c'était l'usine. Tout devait être terminé

du gros œuvre – celui qui fait du bruit et de la pous-
sière – avant notre retour. J'apprends que Marie-Rose
s'est occupée de l'ameublement, que Diane, craignant
comme toujours d'être en reste, a apporté sa contribution financière : « Un prêt, bien sûr. En guise
d'intérêts, j'aurai mon rond de serviette à l'année. »
Boris me tend la main : « Barinia, si vous voulez... »

C'est bien *La Géode* mais elle a implosé. Vous
entrez dans une sorte de bulle-serre : la réception.
Bar, canapés, quelques fauteuils et de la verdure à
profusion. Charlotte est passée derrière le comptoir :
« C'est là que j'officierai avec mon tiroir-caisse plein
à craquer. » Boris rit, tout heureux d'avoir retrouvé
sa femme, sa jeunesse, son enthousiasme. Mes Grâces
regardent le couple d'un air de propriétaires. « Et
voici l'Olympe », annonce mon gendre en m'entraî-
nant dans la bulle principale.

J'appellerais plutôt cet endroit l'« aquarium ». Fait
pour gros poissons fortunés. Comme prévu, peu de
tables, mais quelles tables ! De verre épais cerclé
d'acier, entourées de larges fauteuils Louis quelque
chose. Louis quoi ?

– Louis XVI, m'apprend fièrement ma brocanteuse. Je veux bien me nourrir sur du transparent à
condition d'avoir les fesses dans du coussin d'époque.

De forme ovale, les tables sont à bonne distance les
unes des autres. C'est cela le luxe aujourd'hui : ne pas
profiter de la conversation du voisin. Et le luxe, c'est
aussi, au centre de l'Olympe, ce foyer sur un socle de
brique dont le conduit de métal cuivré fend fièrement
l'espace. Il y aura du feu ici, l'hiver. Les flammes
danseront dans les yeux des femmes tandis

que les violons leur parleront à l'oreille de la fuite du temps (et que le grand Igor interprétera *Les Bateliers de la Volga*).

Bulle-serre, bulle-aquarium, bulle-cuisine... Celle-ci se trouve derrière une porte qui se déplie comme un éventail : la cuisine qui existait déjà, augmentée de la salle à manger.

– Contrairement à ce que certains snobs prétendent, les gens n'aiment pas du tout voir les cuistots à l'œuvre, déclare Diane comme si elle avait fait carrière dans la restauration. Où est la magie des plats si, sous votre nez, les marmitons mettent leurs gros doigts dans la pâte des blinis ?

– Et dans les perles grises du caviar, renchérit Charlotte.

Le tour est terminé et tous me regardent comme des enfants avides d'approbation.

– FÉERIQUE ! La citrouille devenu palais.

– Merci pour la citrouille, se tord Charlotte.

Mais c'est tout à fait ça ! Et, sonnée, là, je le suis vraiment. Vous dites « oui » à une idée, somme toute raisonnable, vous vous réveillez en plein délire. Ma fille a épousé Crésus. Au fond de moi, je suis soulagée qu'Harpagon (pardon Grégoire, un peu d'humour aide à retomber sur terre) nous ait lâchées en route. Lui, aurait demandé : « Combien ? »

– Boris et moi, nous avons tout conçu ensemble, mais la cheminée, c'est ta fille toute seule... se félicite Charlotte. Avoue que, pour une fois, j'ai su tenir ma langue.

– Comment avez-vous fait pour aller si vite ? On a l'impression que vous pourriez ouvrir demain !

– Si seulement ! soupire Boris. Mais côté paperasses et autorisations, les bureaucrates sont moins pressés que nous ! Leur salaire à eux tombe à la fin du mois. Il faut aussi que le personnel soit prêt.

Comme prévu, l'oncle ukrainien sera aux fourneaux, assisté d'un petit-neveu frais sorti d'une école hôtelière. Un couple parent, expérimenté, assurera le service, se contentant pour commencer des fabuleux pourboires que distribuera une clientèle enthousiasmée. Boris maître d'œuvre, Charlotte à la réception, Victor au vestiaire, Anastasia et Dimitri en éventuel renfort, bref, une entreprise familiale.

Je demande avec inquiétude :

– Et les petites ?

– Ne fais pas cette tête, mamouchka. Ce ne seront pas papy-mamie qui en hériteront, rit Charlotte. Viens voir.

Nous revoilà dans la cour, escortés par mes Grâces qui jouent les discrètes mais n'en perdent pas une miette. Dans ce qui était le garage, trois pièces sont en travaux dont les portes-fenêtres donneront, elles, sur *La Maison*. De notre chambre, au premier, nous devrions les apercevoir. L'une est destinée à Anastasia, l'autre à Capucine et Tatiana, la troisième à qui souhaitera un peu de calme : « Toi si tu veux, me propose ma fille avec un reste de rancune dans la voix. N'hésite pas à venir si Maginot te porte trop sur les nerfs. – Maginot... Charlotte... » Dimitri et Victor, eux, ont tenu à rester à *La Géode* où leurs murs ont été insonorisés. (« Combien ? » demanderait Maginot.) D'ailleurs, les voilà, la grande perche et le trop petit, traversant les gravats pour venir saluer leur grand-mère.

– Le Pacha n'est pas là ? demande tout de suite Victor.

– Il défait ses bagages, il viendra demain, répond Boris trop vite.

Le regard des garçons vers leur père montre qu'ils ne sont pas dupes. Personne n'est dupe, mais ça va mieux en ne le disant pas. Il a une petite mine, mon Victor. Machinalement, je calcule : dialyse demain. Son expression n'a-t-elle pas changé ? Plus grave, plus mûre ? Ce qui ne l'empêche pas de m'offrir un sourire d'enfant lorsque je lui glisse à l'oreille : « Tu nous as manqué à Grimaud. Fée m'a chargée de t'embrasser tout spécialement. » Avant de lui remettre l'enveloppe contenant le « bon » du Père Noël varois.

— A présent, Babou, si vous voulez bien ?

Que dois-je faire du tabouret que me présente Boris ? Pourquoi est-ce à moi de tirer le bout de tissu qui recouvre le fronton du portail d'entrée ? Je crois deviner. J'ai peur de deviner. Lorsque, au téléphone, le 1er janvier, mon gendre m'avait fait part de la « surprise », j'avais réservé mon accord. J'ignorais que la décision était prise.

Alors que le tissu tombe sur le sol, le fronton s'illumine et apparaît en lettres de lumière, le nom du lieu qui apportera aux Karatine la gloire et la fortune :

CHEZ BABOUCHKA

— Vous savez bien que sans toi..., s'emberlificote mon prince russe en me déposant sur le sol.

Et je suis là, toute bête, au bord des larmes, au bord de la panique. *Chez Babouchka...* Ils n'avaient pas le droit de me faire ce coup-là. Sont-ils à ce point inconscients ? Boris, je m'en doutais, mais les roitelets qui étouffent des rires de joie, mes Grâces qui me regardent comme si, tout compte fait, elles m'aimaient beaucoup, Mururoa qui brandit une bouteille de champagne : « A la marraine de notre isba. »

Ils sont fous, merveilleusement fous ! Même s'ils vont me brouiller avec l'homme de ma vie.

CHAPITRE 28

« Soyez généreux », nous répète volontiers Bruno tandis que nous manions, du mieux que nous pouvons, pinceaux et couleurs.

Il veut dire : « Donnez tout : le fond de votre cœur, le vif de vos entrailles. Ouvrez les vannes sans craindre les dégâts. » La vie, n'est-ce pas aussi des dégâts ? Et l'art, une façon éclatante de les accommoder ? Et je pense à toi, Van Gogh, mort d'avoir tout donné sans être entendu.

Terminés, nos beaux trompe-l'œil ! Beaux ? Jeudi dernier, nous avons fait exposition autour de la salle. D'un côté il y avait des buffets, des verres, un plat d'étain, une mouche, une vitre fêlée, le tout plus ou moins fidèlement reproduit. De l'autre, l'œuvre d'un homme mort depuis plusieurs siècles et qui, cependant, continuait de diffuser sa lumière, témoigner de son passage ici. La beauté ne serait-ce que cela ? Tout cela ? Un instant saisi dans sa vérité.

– Je ne veux plus copier, ai-je annoncé à Bruno. Je veux trouver moi-même mon sujet et être la première et la dernière à le traiter, sinon, cela ne m'intéresse pas, je laisse tomber.

– Allez-y, élève indisciplinée, a répondu Bruno en

riant. Montrez-nous qui vous êtes, à vos risques et périls.

Me voilà donc en attente de sujet. Si les risques et périls sont que ce sujet me remue les entrailles, je suis prête. Braque n'a-t-il pas dit que l'art était blessure devenue lumière ?

A propos d'entrailles, il s'en passe de drôles chez Diane ! Sa Loulou, la Folle de Poméranie, a fait une grossesse nerveuse : ses mamelles gonflaient, elle avait du lait, bon, jusque-là classique : privée de petits, elle s'en inventait ! Le vétérinaire a conseillé à notre amie de rentrer dans son jeu, d'être tendre et attentive... jusqu'à l'accouchement.

L'ennui est que la Folle a accouché, d'un chiot imaginaire dont elle a décidé qu'il était... Marie-Rose ! Sitôt que celle-ci apparaît, elle se précipite, la cajole, la nettoie avec vigueur, cherche à l'allaiter. Quiconque s'approche du couple se voit menacé par de furieux grondements et lorsque notre brocanteuse se sauve, c'est le désespoir. Marie-Rose est partagée entre l'exaspération et le rire. « Encore un drame de l'amour », soupire Diane.

– Victor est amoureux, nous apprend Charlotte, descendue ce jour-là prendre le café à *La Maison*. Depuis quelque temps, nous le trouvions bizarre : musique douce, airs inspirés, passages plus fréquents à la douche. C'était ça ! La sœur d'un camarade de classe, Mylène, treize ans comme lui, une vraie Lolita.

– Et c'est bien ou non, pour lui, d'être amoureux ? s'enquiert Grégoire, pragmatique.

– Justement, on se le demande, répond Charlotte. D'un côté c'est bien puisque de son âge. De l'autre, ça lui rappelle qu'il n'est pas comme les autres. S'il pouvait se faire d'un coup toutes les piqûres d'hormone de croissance, quitte à être troué comme une passoire, il le ferait.

– Et sa Mylène le sait, qu'il n'est pas comme les autres ?

– Oui et non. Toute la différence entre savoir et voir. Et Victor s'emploie à ce qu'elle reste dans l'abstrait. Pardon pour le détail, mais je suis certaine par exemple qu'il fait semblant de s'absenter pour aller faire pipi comme les autres, alors que, faire pipi, ça ne lui est pas arrivé depuis huit ans ! Pas le genre de détail qu'on raconte aux copains. Raison de plus à sa bien-aimée.

– Comment avez-vous découvert le pot aux roses ?

– La petite est venue à *La Géode* mercredi dernier avec son frère pour admirer les travaux, raconte Charlotte. Vous auriez vu le cirque ! A entendre Vic, il avait tout fait là-haut, tout conçu. Le plus beau, c'est quand il lui a dit, et vous auriez entendu le ton : « Si tu as envie de caviar, et pas du caviar de supermarché, je t'inviterai. »

Nous rions. Il faut bien ! Charlotte se tourne vers son père : « Et toi, quand viens-tu admirer ? Un petit coup d'œil en passant, ça n'engage à rien, tu sais ? »

Derrière le ton dégagé, une prière. La ligne Maginot résiste. C'est pour Boris que Charlotte voudrait faire céder Grégoire. Le naïf espérait rentrer en grâce avec son restaurant. Est-ce manque de générosité de la part de mon homme que de s'entêter ainsi dans sa décision ? Il me semble qu'il s'agit plutôt d'orgueil : lorsque Grégoire croit être dans le vrai, il met son point d'honneur à ne pas céder. Je déteste les points d'honneur quand ils deviennent des points finals. Pour ma part, à la fois je souhaite qu'il rende les armes, et redoute sa réaction devant le palais Karatine.

Et voilà comment on vit coupée en deux à côté d'un homme d'une seule pièce qui dort comme un enfant sur ses certitudes. Je déteste les certitudes lorsqu'elles vous ferment le cœur.

En attendant, il n'a pas répondu à sa fille et celle-ci s'impatiente.

– Alors, c'est sans espoir ? Tu ne mettras jamais les pieds *Chez Babouchka* ?

– *Chez Babouchka* ?

Le cri du père révèle à Charlotte la lâcheté de la mère. Eh oui ! Je n'avais pas encore osé révéler à qui de droit le bel hommage rendu à ma personne par Boris. Pas difficile d'en comprendre la raison en voyant le regard d'époux poignardé dans le dos qu'il m'adresse ... avant de prendre la porte, celle du jardin (il pleut) sans revêtir (pour me punir) son ciré. (Si tu attrapes un rhume, au point où j'en suis, je m'en fous.)

– Mais qu'est-ce qui lui prend à ce type ? Et pourquoi tu ne lui avais rien dit ? me reproche Charlotte.

Voilà une fille sensible, imaginative, aimante, que sa mère a élevée dans la lucidité... et qui n'a pas songé une seconde que le « type » (son géniteur) pourrait ne pas apprécier de voir donner un nom qui lui est cher à une entreprise qu'il rejette de toutes ses forces. Audrey n'a pas tort de dire qu'il manque une case à sa sœur.

– Écoute, j'ai été très touchée par l'honneur que Boris m'a fait, mais aux yeux de Grégoire, en acceptant, je me rends à l'ennemi.

– L'ennemi, rien que ça ! Et merde, conclut Charlotte. Il est trop compliqué, ton mari.

– Il est trop simple, au contraire : on est de son camp ou on ne l'est pas.

Soudain le regard de Mururoa sur moi se fait méfiant.

– Puisqu'on en parle, de quel camp es-tu, toi ?

– D'aucun. Ou des deux. Choisis.

Et en voilà une autre qui s'estime trahie ! Si au moins j'étais en harmonie avec moi-même ! Mais comment faire ? Babou en bas, Babouchka en haut... Plus schizo que jamais, Joséphine.

Devant sa mine de petite fille déçue, une fois de plus je compose avec ma conscience.

– Disons, un peu plus dans le camp Babouchka quand même. Et cesse de t'en faire, ça se tassera comme le reste.

– Les emmerdes, à force de se tasser, qu'est-ce que ça fait comme mélasse ! déplore Charlotte avec réalisme. On en a jusqu'aux chevilles.

Elle va à la fenêtre, observe la statue du Commandeur devant ses pommiers en fleur, soupire.

– Et toi, je suppose que tu es bonne pour une engueulade maison dès que j'aurai le dos tourné !

– Je me vengerai sur ton caviar. Et ce sera du Beluga ou rien.

– Au secours ! s'exclame ma fille en retrouvant son rire. Avec toi, Diane et la Mylène de Vic, il va falloir doubler la commande.

A propos de Mylène, notre amoureux transi est invité dimanche prochain par la famille de sa belle à une balade du côté des plages du débarquement. Il est allé choisir avec Boris le cadeau de Félicie : une cravate et un blazer anglais. Roméo veut briller. Roméo brillera.

Hélas !

CHAPITRE 29

« L'amour donne des ailes », dit-on. Et l'on dit aussi « fou d'amour ». Clichés ou non, son premier amour a fait perdre la tête à Victor et, pour vouloir voler trop haut, il s'est brisé les ailes.

Comme prévu, ce dimanche-là, à dix heures, les Lapôtre sont venus le chercher. Il était passé nous faire admirer sa tenue neuve. « Mon Dieu, un lord anglais ! » s'était exclamé Grégoire avant de se mordre les lèvres. N'avait-il pas été trop fort ? Mais non ! On dit également « aveuglé par l'amour », et le « lord anglais » convenait tout à fait à Victor.

Comme je l'imagine, fier et ému, fort de sa dialyse de la veille, rejoignant à l'arrière de la Mercedes des Lapôtre, son ami Quentin et la petite Mylène ! Un vent rude balayait Omaha Beach, racontait aux rangées de croix blanches égrenées le long de la falaise, les saisons perdues. Les ciels sont bavards sur les tombes de la jeunesse foudroyée, leurs couleurs se trouvent rehaussées par les regards éteints de ceux qui ne les verront plus. Qu'a confié à Victor ce ciel de février, faisant la roue au-dessus des corps de dix mille Yankees ? « Dépêche-toi d'aimer » ?

Ils se sont arrêtés pour déjeuner à Sainte-Mère-

Église. Les Lapôtre savaient par leur fils que Victor avait des soucis avec ses reins. Ils savaient sans vraiment savoir, comme tout le monde, et lorsque Victor, à qui ils avaient proposé de choisir à la carte ce qui lui convenait, a déclaré qu'il prendrait lui aussi le menu, Mme Lapôtre s'est seulement étonnée :

– Tu n'es pas au régime ?

– Je dois juste faire un peu attention, a crâné Roméo.

Au menu, il y avait plateau de fruits de mer, viande garnie et chariot de desserts. Que s'est-il passé dans la tête de Victor ? Il n'ignorait pas que chacun de ces aliments était hautement toxique pour lui. C'était simple comme bonjour, ou plutôt comme « adieu », en transgressant à ce point son régime, il risquait tout bonnement sa vie.

Le désir d'être comme les autres aux yeux de la petite Mylène a-t-il été si fort ? Ce premier amour lui a-t-il donné le sentiment d'être protégé ? A-t-il espéré un miracle ? Et puis, demain matin, lundi, l'ambulance ne viendrait-elle pas le chercher ? Il aurait pris un ou deux kilos de plus que ceux autorisés, on lui nettoierait tout ça...

Et puis basta ?

Il s'est bourré du meilleur des meilleurs : crabe mayonnaise, crevettes tièdes, bigorneaux, viande, frites et mousse au chocolat. Il s'est empiffré de potassium, sodium, phosphore, tout ce qui fait grandir les bien-portants et empoisonne le sang des enfants sans reins. Assez vite, je suppose, il a commencé à se sentir mal. Le repas terminé, il a demandé aux Lapôtre de le raccompagner à *La Géode*. C'est ce qu'ils nous ont raconté, inquiets malgré tout, en prenant des nouvelles le soir, lorsque c'était trop tard. Sans doute Victor a-t-il trouvé la force d'adresser un dernier sourire à sa Mylène avant de pousser la porte et s'écrouler sur le canapé du bar-serre de *Chez Babouchka*.

Charlotte m'a appelée vers quatre heures de l'après-midi. Pour une fois, les Réville n'étaient pas venus déjeuner, Grégoire était à Caen, préparant avec Maurice et sa Marguerite retrouvée de prochaines joutes avec les mots. Pieds au feu, je lisais : « Vite, maman, vite... » a dit la voix étouffée de ma fille au téléphone.

J'ai foncé.

La belle cravate du lord anglais, son blazer, son pantalon étaient tachés. Mon petit garçon ressemblait à un poisson tiré de l'eau et jeté sur la pierre d'un quai. Méconnaissable avec son visage bouffi, les cernes violacés sous ses yeux, il respirait avec difficulté. Je connaissais les mots par cœur, des mots pour vieux : hypertension, œdème pulmonaire... Agenouillée au pied du canapé, Charlotte essuyait le front couvert de sueur.

— L'ambulance arrive, m'a-t-elle dit d'un ton ferme. J'ai averti l'hôpital, la machine de dialyse sera prête. J'ai besoin de toi pour Capucine et Tatiana.

— Boris ? ai-je demandé à voix basse.

Elle a serré les lèvres et j'ai vu combien elle s'efforçait de contrôler sa peur.

— Parti avec Dimitri et Anastasia. Tu l'avertiras quand il rentrera. Je ne sais pas où le joindre. Mais de toute façon, tout ira bien, tout ira TRÈS BIEN, maman.

Son regard m'ordonnait d'y croire pour aider Victor à s'accrocher à la vie. Je me suis assise à côté de lui et je lui ai souri. C'était vraiment impressionnant de le voir lutter pour respirer. Entre deux efforts, il a murmuré : « La putain viet, tu te sou-viens ? » Charlotte ouvrait de grands yeux. J'ai acquiescé : « Heureusement que tu m'en as parlé ! Il y en a un autre qui passait de sales moments, c'est toi qui m'as mis sur la voie et il s'en est sorti ! »

S'en sortir. Sur cet espoir, il a refermé les yeux.

On ne pouvait plus qu'attendre l'arrivée de l'ambu-lance, avec plein la tête les hurlements de la sirène qui lui permettrait de se frayer un chemin parmi les embouteillages inévitables du dimanche. On ne pou-vait qu'aider Victor à attendre, alors j'ai pris la main aux ongles trop blancs que Charlotte avait laissée libre et nous l'avons tenu fort toutes les deux, comme on tient un enfant pour l'aider à passer le gué lorsque le flot risque de l'emporter. Et, bien sûr, j'ai prié. Je prie toujours lorsque j'ai peur, le reste du temps, j'oublie, ça ne va pas, ça !

L'ambulance est enfin arrivée, l'homme en blanc y a porté Victor. Alors qu'on l'étendait, le petit a dû craindre que Charlotte ne vienne pas avec lui. Il a tendu la main avec un cri : « Maman ! » Elle est montée.

Maman !

Capucine et Tatiana étaient sur le grand lit de leurs parents, serrées comme des oiseaux l'une contre l'autre devant le poste de télévision allumé. « Elle est partie avec lui ? » a demandé Capucine d'une voix hostile. J'ai compris qu'elle aussi aurait bien voulu être une petite fille comme les autres, profitant de son dimanche sans qu'un garçon, même pas un frère, lui vole sa maman. D'ailleurs, elle l'a exprimé : « On était mieux quand on s'appelait pas Karatine. »

Nous sommes descendues toutes les trois à *La Maison* en chantant : « Loup y es-tu ? » et le loup y était mais j'étais la seule à le savoir. Nous nous sommes installées à la cuisine dont j'ai fermé les deux portes : celle sur la cour, celle sur le salon, dont j'ai allumé les deux lumières : celle au-dessus de l'évier, celle du plafond. J'ai sorti du placard le régal des enfants d'aujourd'hui : gâteaux salés, chips, saucisson sec, cubes de fromage et même des cacahuètes auxquelles Capucine n'avait droit que depuis l'âge de raison, car imaginez que l'une se coince dans sa gorge, qu'elle suffoque, qu'on doive l'emmener à l'hôpital, imaginez, l'hôpital, oh ! mon Dieu, sauvez Victor et je ne vous oublierai plus au temps des accalmies.

Stupéfaite, Capucine me regardait accumuler les denrées devant elle. « Mais, Babou, on a déjà goûté ! Et tout ça, c'est l'apéritif. Et le Coca, tu sais bien qu'on y a seulement droit pour les anniversaires ! Et les cornichons, c'est avec la viande, pas sans rien comme ça ! »

Tatiana, elle, ne s'embarrassait pas de ces scrupules, elle dévorait tout ce qu'elle pouvait attraper et fichait le reste par terre.

— Et si j'ai envie de faire des bêtises, MOI ? ai-je tempêté.

C'est un langage que comprennent les enfants. Dans un grand éclat de rire, Capucine a oublié les vicissitudes de la vie pour partager l'orgie.

C'est dans la cuisine que Boris nous a trouvées, avant de repartir comme un fou pour Rouen.

Nous y étions toujours lorsque Grégoire est rentré. Je venais de recevoir le coup de téléphone et, en lui annonçant : « Victor est sauvé », j'ai craqué.

CHAPITRE 30

L'oncle ukrainien, futur chef de *Chez Babouchka*, est venu à *La Géode* inspecter les cuisines et élaborer la carte des réjouissances.

Prénommé Vladimir, dit « Vlan » en raison de la rapidité de sa main sur la joue des apprentis indociles, il avait vu mourir ses parents, paysans, sous le knout communiste. Lui-même avait goûté aux camps de la torture et de la faim et c'était là, qu'élaborant dans sa tête pour tenir le coup des menus pantagruéliques, était née sa vocation de cuisinier : « féroce », si l'on peut dire.

Petit, vif comme l'anguille, le regard pétillant subitement traversé par un galop de chevaux dans les steppes perdues de son enfance, il était, aux dires de tous, un maître dans son domaine, mais son caractère emporté lui avait valu de changer fréquemment de fourneaux. Quand Boris m'a présentée à lui en tant que marraine des lieux, il s'est emparé de ma main et l'a embrassée. Le respect, on peut s'en moquer mais c'est délicieux.

Boris, Charlotte et moi nous sommes assis autour de lui et l'avons écouté faire ses propositions en un feu d'artifice où bortsch, chachliks, koulibiacs et autres stroganoffs, voisinaient avec poissons farcis ou à la broche, le bouquet étant, bien sûr, caviar et saumon de la mer Caspienne. « Y aura-t-il quelques plats français destinés aux incorrigibles chauvins ? » a demandé naïvement Charlotte. Un cri indigné lui a répondu : on n'irait pas *Chez Babouchka* pour manger du steak-frites. Et Vlan ne transigerait pas davantage sur la fraîcheur des produits : conserves et surgelés bannis.

Face à cet enthousiasme, j'ai, pour la première fois, cru vraiment à la réussite de l'entreprise. Ceux qui viendraient là trouveraient l'âme d'un pays et, dans cette âme, la passion.

Février. Un matin frisquet. Charlotte au téléphone : « Maman, j'ai besoin de toi, m'accompagnerais-tu à Rouen, l'hôpital ? »

« Avec Victor ? »

« Sans Victor. Mais ''chut'', s'il te plaît. »

Le petit ne va pas. Depuis ce que nous appelons « l'accident », il a renoncé à lutter. Il passe ses journées au lit. Il s'est disputé avec son père. Quant au travail...

« C'est jeudi, tu peux ? »

Bien sûr, je peux ! Simplement *La Caverne* à décommander, la recherche de mon grand sujet à repousser une fois de plus : l'œuvre du siècle qu'on assassine !

« Et qu'est-ce que tu dirais d'un petit arrêt-buffet sur la route ? On a rendez-vous seulement à trois heures », propose Charlotte.

J'avoue ! C'est ma faute, ma très grande faute si on ne parle que de bouffe dans cette maison. J'ai toujours associé repas et moments de partage, discussion, plaisir. Mais la racine du beau mot « compagnon » n'est-elle pas « partager le pain » ? Et c'est avant tout la gourmandise de l'autre qui nous rassemble autour d'une table.

Celle qu'a choisie Charlotte se trouve dans une auberge de village sur le chemin des écoliers. Ma fille n'a guère ouvert la bouche durant le trajet. Elle attend pour parler que les poulardes à la crème soient dans nos assiettes. J'imaginais naïvement que c'était l'hôpital qui l'avait convoquée afin de faire le point sur notre malade, pas du tout ! C'est Charlotte qui a pris rendez-vous. Et pour cause...

— Boris a décidé de donner un rein à Victor.

— Oh ! non !

Le cri m'a échappé, *mea culpa*. Mais cela aussi, je sais, j'ai appris ! Sur le papier, à la radio ou la télévision, c'est superbe le don d'un organe à l'un des siens. Dans la réalité, c'est, pour le donneur comme pour le receveur, une épreuve lourde, pas toujours bien acceptée.

— Boris n'est pas trop vieux ?

— Il paraît que non ! Il paraît aussi que les groupes collent. Est-ce que tu te rends compte, maman ? Il a fait tous les examens en douce, ce salaud. Pas un mot. Pourquoi ?

Voix brusque, menton durci, regard de défi. Charlotte était déjà comme ça, enfant, lorsque, selon elle, on lui avait fait un sale coup. C'est la vie qui lui a fait un sale coup et il me semble que la petite fille m'appelle : « Maman, écoute, c'est trop injuste... » En attendant, c'est un sacré coup de vieux qu'elle a pris, la petite fille ! Où est passée cette transparente légèreté qui, sur le visage de la jeune femme, conservait une lumière d'enfance ? S'est-elle éteinte à jamais ? Rien ne pourrait me faire plus mal. Moi, tant pis, pas toi !

– Depuis l'accident, Boris galère complètement, explique-t-elle. En fait, il n'en peut plus de porter son fils à bout de bras. Il est en train de craquer lui aussi. C'est par désespoir qu'il veut lui donner son rein ! Et ça, ça ne va pas !

La poularde refroidit dans nos assiettes. « Ce n'est pas à votre goût, mesdames ? », vient s'inquiéter le patron, dépêché par la serveuse. Nous picorons pour lui faire plaisir.

– As-tu dit à Boris que nous allions à l'hôpital ?

– Certainement pas ! Jamais il n'aurait voulu. Charlotte soupire : C'est la première fois que je lui cache quelque chose d'important : mais j'ai besoin de savoir ce qu'ils en pensent à Rouen. Moi, je suis paumée : un enfant comme ça, c'est la guerre tout le temps !

Elle a haussé le ton. Des gens se retournent, vaguement réprobateurs : nous troublons leur bon moment. Mon cœur est serré : se doutait-elle, ma Charlotte, de ce qui l'attendait en épousant son beau prince russe ? Bien sûr que non ! L'aurait-elle épousé quand même si elle avait su ? Bien sûr que oui !

Je pose ma main sur la sienne. Elle s'empresse de la retirer : la pitié « c'est pas son truc », pourtant, ce simple geste a rempli ses yeux de larmes.

– Devine à quoi j'ai pensé quand Boris m'a annoncé la grande nouvelle ? Au restaurant ! Je me suis dit : C'est foutu ! Il y a tout investi, son cœur, ses forces et le fric qu'on n'a pas. Je lui en ai voulu... Alors que si Capucine avait besoin de mon rein, je le lui donnerais demain ! Mon pauvre Victor ! Je vais te dire, maman, il y a des degrés dans l'amour, c'est dégueulasse.

Le bureau du docteur Lamy, responsable du centre de dialyse pédiatrique, donnait sur la ville. C'était un homme d'une quarantaine d'années, au visage grave, au regard chaleureux. A ses côtés, se tenait Gérard, le psychologue, tout jeune, l'air d'un étudiant enthousiaste. Ils savaient pourquoi nous venions : Boris était encore là la veille.

— Votre mari est en bonne forme physique, les groupes sanguins et tissulaires sont compatibles, rien ne s'oppose donc à une greffe, a déclaré le médecin à Charlotte. Et il a ajouté : En principe.

— En principe ? a répété Charlotte d'une petite voix.

— Reste à avoir l'accord de l'intéressé ! Gérard vous expliquera cela mieux que moi.

Gérard parlait avec douceur, très calmement. On avait l'impression qu'il était prêt à tout entendre sans juger, y compris les questions que l'on n'osait se poser à soi-même. Mais aussi, il ne devait faire que cela : rencontrer des parents torturés à l'idée de ne pas aimer assez ! L'intéressé, Victor, arrivait à l'âge où l'on a besoin de prendre son envol. Déjà, la chose ne lui était pas facile avec un père-mère dont il savait fort bien qu'il lui avait beaucoup donné, pour ne pas dire « sacrifié ». Il était donc possible qu'il refuse ce sacrifice supplémentaire.

— Et ce serait peut-être la sagesse, a-t-il constaté.

— La sagesse ? Que voulez-vous dire par « la sagesse » ? a demandé Charlotte en retenant son souffle.

Gérard lui a souri.

— L'une des principales causes de rejet du greffon chez l'adolescent est d'ordre psychologique. Un lien jugé insupportable avec le donneur peut l'amener au refus du traitement postopératoire.

– Votre mari a-t-il fait part de ses intentions à Victor ? a demandé le docteur Lamy.

Avec un gros soupir, Charlotte a secoué négativement la tête.

– Pas encore ! Ils sont plutôt en froid en ce moment. Mais Boris est fermement décidé : pour lui, il n'y a plus que cette solution-là !

– Depuis tout ce temps, comment se fait-il qu'on ne lui ait pas encore trouvé de rein ? ai-je demandé. Ma voix était agressive et ma fille m'a regardée avec étonnement.

– Victor a un groupe tissulaire rare, a répondu le médecin. Celui de son père est le plus proche qui se soit jamais présenté.

Un silence est tombé. Charlotte avait baissé la tête. Je pouvais lire dans sa pensée : j'avais la même. Une chance, unique peut-être, se présentait pour Victor et nous souhaitions qu'il la refuse. Le restaurant, l'avenir matériel de la famille avaient-ils donc plus d'importance pour nous que son avenir à lui ?

Ma fille a levé les yeux vers le médecin et j'y ai lu une résolution.

– Mettons que Vic accepte, comment les choses se passeront-elles pour mon mari ?

– Ce n'est jamais une petite affaire...

... Opération lourde, se ménager, convalescence... J'entendais les voix de loin, je n'étais plus vraiment là. J'étais avec un enfant injustement frappé dont le vœu le plus cher était tout simplement d'être un jour comme les autres et sur qui reposait l'avenir d'une famille. Selon qu'il réponde « oui » ou « non » à son père, tout risquait d'être bouleversé.

J'ai regardé Rouen sous sa brume, cette ville au

rhume chronique dont on a l'impression qu'elle respire par ses clochers et je me suis sentie lasse. Pas vraiment de vivre, non, mais de la lourdeur de la vie et des choix impossibles qu'elle vous imposait. « La guerre tout le temps », avait dit Charlotte. En s'éveillant le matin, la guerre. En se couchant le soir, la guerre. Pas de morte saison pour le poids au cœur, la sirène dans la tête. J'ai mieux compris ce que j'allais chercher dans *La Caverne* de Marie-Rose : un peu de la liberté d'une amie qui ne connaîtrait jamais cette guerre-là : avec un enfant dans les bras. J'ai envié sa liberté.

– Madame ?

Gérard me souriait. Charlotte et le docteur Lamy étaient debout, discutant toujours. Je me suis levée à mon tour. Le psychologue a posé brièvement sa main sur mon bras. Avait-il perçu ma fatigue ?

– Pour un enfant, le regard des grands-parents est primordial, a-t-il remarqué. Il s'y fie souvent davantage qu'à celui de ses parents auxquels il lui arrive de reprocher de ne pas l'avoir protégé assez contre son mal. Vous pouvez faire beaucoup pour Victor, madame.

Et voilà ! On cherche refuge dans sa caverne et on vous récupère par la peau du cœur pour vous remettre en première ligne.

– Si vous croyez que je ne le sais pas, ai-je râlé.

Je ne me souviens plus très bien comment les choses sont venues. Juste avant de nous séparer, le docteur Lamy a évoqué son « maître » : un grand spécialiste de la greffe du rein qui n'opérait plus mais se dévouait à tout ce qui concernait la transplantation, n'hésitant pas à courir le monde pour sensibiliser les populations à la nécessité du don d'organe.

CHEZ BABOUCHKA

Cet homme dont il parlait avec ferveur, cet homme de cœur, n'était autre que mon ancien soupirant, le presque irrésistible Jean-Bernard Cavalier[1].

1. Voir *Belle-grand-mère*.

CHAPITRE 31

CHAPITRE 31

Dîner mondain chez Lise et Henri de Réville. Pourquoi suis-je toujours mal à mon aise lorsque je me retrouve dans ce petit château normand, au toit bigarré, aux murs en damier, plus charmant que majestueux mais qui dame tout de même largement le pion à *La Maison* en offrant une trentaine de pièces à la descendance de ma co-belle-mère ?

Est-ce la particule dont ils sont si fiers, accordée par l'empereur à un lointain aïeul l'ayant bien servi ? En quoi l'ont-ils méritée, eux ? Serait-ce le cristal, l'argenterie qui m'impressionnent ? Nous avons tout ça chez nous mais avons choisi de ne plus nous en servir pour cause de machine à laver dévoreuse de vaisselle ancienne. Alors ? Leur langage plus châtié que le mien, leurs meilleures manières ? Il ne tiendrait qu'à moi... Ce soir-là, tandis que le maître d'hôtel aux mains gantées de blanc remplit mon verre d'excellent bourgogne, eurêka ! je trouve l'explication. Tout le monde ici porte des gants. Pour parler, agir, penser peut-être. Alors que cela fait belle lurette que j'ai oublié les miens (tachés-troués), au fond d'un tiroir d'enfance. Moi, j'ai toujours eu besoin de toucher la vie, les choses, les gens. Je suis restée la fillette qui n'aimait rien tant que jouer dans la gadoue, monter des châteaux de boue, « faire la bouilla ». Au désespoir de Félicie : « Va vite te changer, ma pauvre fille, tu n'es pas montrable. »

Au secours, les psys, je continue à me sentir « pas montrable » !

Pour donner le change, j'ai revêtu ce soir ma belle tenue de réveillon. Dans la salle à manger aux lambris dorés, deux autres couples (à gants) de la région, plus, Dieu soit loué, Audrey et Jean-Philippe. Jusqu'au koulibiak de saumon, rien à signaler : on a abondamment parlé des petits-enfants et du temps. Sans doute pour animer un peu la conversation, en toute innocence, c'est Lise de Réville qui va mettre ses fins escarpins dans le plat. Avec un grand sourire, elle se tourne vers Grégoire, placé à sa gauche.

— Audrey nous a appris que les Karatine allaient ouvrir un restaurant dans votre domaine ? Un restaurant russe ?

— La Russie dans les pommiers normands, comme c'est amusant ! s'exclame une invitée, laissant à Grégoire le temps d'encaisser le domaine et le choc.

— Ils ne font pas ça pour s'amuser, dis-je, agacée. Mon gendre a perdu son travail dans la publicité. C'est un secteur en crise. Il a bien fallu qu'il trouve autre chose.

Au mot « publicité », les lèvres de la maîtresse de maison se sont pincées. Il paraît qu'elle n'a toujours pas digéré les protections étanches de Capucine. Grégoire fixe son assiette, Audrey s'agite sur sa chaise.

— Il faut aider les jeunes qui ont le courage d'entreprendre. Nous nous ferons un plaisir d'y venir avec des amis, offre gentiment l'un des invités. Comment s'appellera ce restaurant ?

Le regard de Grégoire vole vers moi, me mettant

au défi de répondre. Lui, c'est le nom du restaurant qu'il n'a toujours pas digéré et il m'a ordonné d'intervenir pour que Boris en change. Ce que je n'ai pas fait. Comment ajouter cette humiliation à celle qu'il inflige déjà à son gendre en ignorant son travail ?

– Sans doute n'est-il pas encore choisi ! risque l'invité, étonné du manque d'écho à son aimable proposition.

– Il s'appellera *Chez Babouchka,* répond tranquillement Audrey.

Une bonne vague de chaleur se répand dans ma poitrine de mère. Ah ! esprit de famille ! Bien que navrée que la sienne ne soit pas forcément « comme il faut », Audrey s'est toujours montrée solidaire dans la tempête. Et c'est elle que foudroie à présent Grégoire dont la nuque rougit dangereusement. C'est alors qu'Henri de Réville, apparemment peu sensible aux atmosphères, s'adresse à lui :

– Voilà qui va faire de l'animation chez vous, mon vieux. Vous en dites quoi ?

– J'en dis que je me serais bien passé de devenir zone sinistrée ! répond « le vieux » d'une voix glacée qui révèle brutalement à ceux qui ne l'avaient pas encore compris toute l'ampleur du problème.

Un silence consterné s'abat sur le koulibiak. Audrey est écarlate. Lise de Réville embraie vivement sur l'inépuisable sujet du golf. Grégoire n'ouvrira plus la bouche de la soirée.

Tandis que nous roulons vers *La Maison,* je vide mon cœur. Il a humilié publiquement les Karatine, étalé notre linge sale devant des étrangers, mis sa fille à la torture ! Mais il s'en fiche bien d'Audrey, comme de Charlotte, comme de la décision de Boris de donner un rein à Victor. Qu'il continue ainsi et c'est sa famille qui deviendra « zone sinistrée ».

– Cette histoire de rein n'est qu'une preuve supplémentaire de l'irresponsabilité de ton gendre !
Comme sa riche idée d'ouvrir un restaurant avec un
garçon qui n'a rien le droit de manger... répond-il
froidement. A propos, ce restaurant, envisage-t-il de le
diriger de son lit d'hôpital ?

FRIGIDE ! Il a le cœur frigide et la colère
m'étouffe. Qu'est-ce que je fais dans cette voiture à
côté de cette forteresse de morale, vertu, principes ?
J'ai épousé pour ses beaux yeux un homme auquel il
manque la qualité essentielle : celle qui permet de se
mettre à la place des autres afin de les comprendre et
les aimer pour eux : L'IMAGINATION. Grégoire n'a
pas une once d'imagination, à ce point-là, c'est une
infirmité.

Je le lui dis. Ça ne plaît pas.

... et surtout garons-nous bien à la place habituelle,
roues dans les traces de roues, mettons une heure à
retrouver nos clés, auscultons le ciel avant d'ouvrir la
porte de la maison et tant pis si l'épouse se gèle sur
le seuil, précipitons-nous sur la manette de gaz au cas
où un fantôme l'aurait maniée en notre absence,
buvons avec d'horripilants bruits de gorge notre verre
d'eau du soir... Sauf accès de folie furieuse passagère
pour défendre la chair de sa chair, voilà ce qu'est
désormais la vie de celui qui partage la mienne : un
chapelet d'habitudes, une succession de grises petites
manies. Lui, ce ne sont pas des gants qu'il porte, c'est
robe de chambre, chaussons et bonnet de nuit ! Et ça
ne me va pas, à moi, ça ! Moi, l'amatrice de bonne
« bouilla », j'ai besoin de partager : le combat de
Victor, la détresse de Boris, la peine de Charlotte !
Ah ! comme j'aimerais, à l'heure de l'insomnie (trois
heures moins cinq), au lieu de me tourner et
retourner toute seule dans ma nuit, pouvoir parler sur

l'oreiller avec un homme qui comprendrait, partage-
rait mes soupirs, caresserait mes cheveux jusqu'à ce
que l'aube venue, la douceur de se sentir deux dans
l'adversité rende l'angoisse acceptable, et même
douce, pourquoi pas, à cause du lien supplémentaire...

Bref, j'aimerais avoir un VRAI MARI, je le lui
envoie dans les dents tandis qu'il se les brosse inter-
minablement après avoir passé une heure à bou-
tonner son pyjama et ça ne plaît pas non plus !

– Si je t'insupporte à ce point, pourquoi ne vas-tu
pas t'installer *Chez Babouchka* ? lance-t-il.

– Quelle idée de génie !

Et voilà comment on découche après trente-huit
ans de lit commun ! Mon oreiller (spécial arthrose
cervicale) sous le bras, je me dirige vers la chambre
du garage réservée à ceux qui veulent la paix. La clé
est bien dans la cachette, point d'autre amateur sous
la couette fluo. Hélas ! en fait de paix, je ne fermerai
pas l'œil de la nuit.

... tout comme ma fille Charlotte qui, le lendemain
matin, dans la bonne odeur des tartines grillées,
m'apprendra en cachant mal sa joie que, tandis qu'à
La Maison je réglais quelques comptes avec son père,
Chez Babouchka, Boris renouait avec son fils.

Devant l'offre que celui-ci lui avait faite, Victor
s'était mis en colère. Le rein de son père ? Et pourquoi pas son cœur ? Comme si on n'avait pas assez
d'un infirme dans la famille ? Et lorsque lui aussi
serait à l'hôpital, qui s'occuperait du restaurant dont
Victor comptait bien tenir le vestiaire pour se faire
plein de sous ? Et le caviar de Mylène ? Et le régime
sur mesure promis à lui par Vladimir ? Il était
déchaîné, le petit ! C'était lui qui, pour finir, remon-
tait le moral de Boris ; ça lui avait donné une pêche

d'enfer d'apprendre que son père ait pu songer à faire une telle folie pour lui ! Et une belle occasion de grandir en refusant. Quelle complication, l'âme humaine !

— Et puis, Babou, remarque-t-il tandis que nous disputons une furieuse partie de foot sur écran de télévision. Il finira bien par arriver, ce rein, n'est-ce pas ?

— De toute façon, s'il n'arrive pas, c'est moi qui te file un des miens ! Et sans te demander ton avis, dis-je, histoire de le faire rire.

Ce qui ne manque pas, vous pensez bien ! A l'idée de mon cher vieux rein délabré dans son viril bassin, il se tord, le monstreau.

Profitons-en pour marquer un but.

CHAPITRE 32

Piétinant résolument mon orgueil puisque c'était pour la bonne cause, j'ai formé le numéro de l'hôpital parisien cité par le docteur Lamy et demandé le service du professeur Jean-Bernard Cavalier. Sans véritable espoir. Un : on ne joint pas aussi facilement un grand patron : il se protège et il a bien raison. Deux : la dernière fois que j'avais rencontré ce grand patron, je lui avais tout bonnement posé un lapin[1]. Il serait trop content de m'envoyer paître dans mes prés normands et, là encore, il aurait bien raison.

« Que puis-je faire pour vous ? » a interrogé une voix féminine après un siècle d'attente musicale. J'ai formulé ma demande en ajoutant que c'était personnel. « Le professeur n'est pas là en ce moment. Pouvez-vous me laisser vos coordonnées ? » m'a-t-elle répondu. Normal ! Des coups de téléphone comme le mien, la jeune et belle infirmière que j'imaginais au bout du fil devait en recevoir toute la journée. Transmettrait-elle seulement le message ?

Je me suis installée sur mon lit, fenêtre ouverte sur le siège de tous nos soucis : *La Géode* en son nid de

1. Voir *Belle-grand-mère*.

verdure. Comme la vie était calme lorsqu'il n'y avait là qu'un grand champ où les chevaux du vieux fermier venaient manger dans la main des enfants pommes ou artichauts crus. Dire que Grégoire se plaignait qu'il soit laissé à l'abandon ! S'il avait su ! « On était mieux quand on s'appelait pas Karatine », avait résumé notre Capucine. Elle avait fichtrement raison ! Je n'ai pas craint de le dire à voix haute et d'envoyer tout le monde au diable. Le diable, c'est mon « arbre à gros mots ».

Le téléphone a sonné vers cinq heures. « Je vous passe le professeur Cavalier », a dit la voix féminine de tout à l'heure. Il me semblait entendre les battements de mon cœur. « Jo, c'est bien toi qui as appelé ? » a demandé Jean-Bernard comme si nous nous étions quittés la veille. « J'ai besoin de te voir », ai-je répondu d'une voix catastrophique. Mais si tu ne veux pas, je comprendrai très bien. »

Le diable avait disparu, emportant mon humour. Soudain, parce que Jean-Bernard avait répondu à l'appel, le poids de tous ces jours passés me paraissait insupportable : pas une heure de plus, cette guerre !

« Que se passe-t-il, Jo ? Et pourquoi ne voudrais-je pas te voir ? »

Il ne manquait plus que cette voix chaleureuse pour me retirer mes dernières forces. Je suis restée muette. « Cela t'irait, un déjeuner à Paris, ou est-ce le casino de Deauville ou rien ? » a demandé Jean-Bernard avec malice. J'ai d'abord récupéré mon rire, puis ma voix. Nous avons pris rendez-vous jeudi, mon jour de « peintresse » aux Ateliers du Carrousel. En raccrochant, je souriais. J'ai souri longtemps.

Grégoire est rentré vers sept heures du soir avec un paquet de nougat mou à la pistache, mon préféré. Ce matin, revenant de *La Géode*, oreiller-arthrose sous le bras, j'avais trouvé un mot sur la table de la cuisine indiquant qu'il ne serait pas là pour déjeuner. Étions-nous cette fois durablement brouillés ? Même aux moments où je l'étranglerais bien, j'ai toujours eu la certitude que jamais rien ne pourrait vraiment nous séparer. Je tiens trop à mon vieux grognon. Il tient trop à sa pas montrable de femme ; je soupçonne même parfois cet homme si comme il faut de l'avoir épousée pour ça. Maso ?

Nous n'avons pas évoqué la folle soirée Réville mais j'ai tenu à lui apprendre que Victor refusait le rein de son père. « Peut-être est-ce horriblement égoïste, mais je suis soulagée », ai-je avoué. « Il me semble à moi aussi que c'est préférable », a-t-il répondu d'un ton précautionneux. A cause du nougat mou à la pistache et de mon rendez-vous secret avec Jean-Bernard, voici que c'était moi qui me sentais coupable ! J'ai été pleine d'attentions pour lui. L'innocent n'en revenait pas.

C'était le restaurant d'un grand hôtel donnant sur la Concorde. J'y suis arrivée en avance. J'aime aller lentement vers les moments importants, m'y préparer, y entrer, si l'on peut dire, par la petite porte. Cette rencontre clandestine changerait peut-être le destin d'une famille. « Dis, Babou, il finira bien par arriver, mon rein, n'est-ce pas ? » Je suis là pour ça, monsieur ! Mais voici que dans ce cadre raffiné, bercée par une musique de sable fin et de cocotiers, c'était surtout vers les fabuleux hasards de la vie que voguait mon esprit. L'autre jour, à l'hôpital, cette tentation de tout laisser tomber, cette lassitude de vivre. Aujourd'hui, ici, ce bouillonnement d'énergie, cette ardeur à vivre.

Il est entré.

A Deauville, deux années auparavant, retrouvant par hasard mon ancien soupirant, je n'avais voulu voir que le séducteur d'autrefois, le beau parleur de mon adolescence après qui tant de filles couraient et auquel j'avais préféré Grégoire. Sur sa réussite professionnelle, Jean-Bernard s'était montré très discret : il s'occupait de génétique, de dons d'organes... il voyageait beaucoup... Je regardais venir vers moi le « maître », le chirurgien de renom, l'homme de cœur dont avait parlé avec tant de chaleur le docteur Lamy.

Il a embrassé ma main.

— Je suis en retard ?

— C'est moi qui étais en avance.

On nous avait placés face à face, il a tout fait changer pour se trouver à mes côtés : « J'ai une oreille faiblarde... » Le champagne était déjà sur la table : cela, je m'y attendais.

— En ce qui concerne notre rendez-vous manqué... ai-je commencé.

— S'il te plaît, n'en parlons pas, m'a-t-il tout de suite arrêtée. Tu me retirerais mes illusions. Ce soir-là, ne te trouvant pas à ton auberge, j'ai voulu me persuader que la sage Josépha avait fui devant la tentation. Je me suis consolé au moyen de la bien connue prétention masculine...

Je n'ai pas répondu puisque c'était la vérité : j'avais bel et bien fui devant la tentation. Mais, à la façon détachée dont il venait d'évoquer cette soirée, je me rendais compte que la prétentieuse, cela avait été moi. Jean-Bernard n'avait jamais eu d'autres vues qu'amicales sur ma personne. Je me suis sentie humiliée. Il m'a tendu le menu :

— Si tu choisissais au lieu de te torturer la cervelle, madame *Mea Culpa* ?

J'ai dix-huit ans. Grâce à cette garce de Marie-

Rose, toute la bande m'appelle comme ça : « Jo-le-remords... Jo-*mea-culpa*... » Je déteste.

Jean-Bernard me regardait en riant. Je l'ai imité et le lapin a détalé une fois pour toutes.

Certaines personnes mettent une heure avant d'entrer dans ce qu'on appelle le « vif du sujet », je n'ai jamais su. Parler de tout et de rien, faire des ronds autour de ce qui bat tambour dans votre tête ou votre cœur est au-dessus de mes forces. Après deux gorgées de champagne, nous étions déjà en plein Victor. Je n'ai rien épargné à Jean-Bernard de l'épopée Karatine : second mariage de Charlotte, beaux-enfants, chômage de Boris, accident de Roméo. J'ai gardé pour moi l'attitude de Grégoire, je ne suis pas une complète salope ! (Pardon.)

Tandis que je parlais, un ballet de serveurs disposaient devant nous toutes sortes de mets succulents, style « cuisine de poupée », heureusement car toute faim m'avait désertée. En revanche, une soif inextinguible me faisait vider coupe après coupe l'excellent champagne que me versait le maître d'hôtel (à gants blancs). Jean-Bernard écoutait en silence, se contentant de hocher parfois la tête ou de sourire pour m'encourager à poursuivre. Lui parlant de la détresse de Victor, j'en mesurais mieux l'étendue. J'étais pleine d'un sentiment d'injustice.

— Il faut absolument lui trouver ce rein, ai-je conclu.

— En somme, tu me demandes du piston ! a-t-il remarqué.

— Il a un groupe tissulaire rare, c'est plus difficile pour lui.

— Dans le domaine de la transplantation, il ne peut et ne doit y avoir aucun tour de faveur, a-t-il tranché.

Ce qu'il allait m'expliquer, finalement, je le savais.

Dès sa mise en hémodialyse, chacun était inscrit sur une liste d'attente gérée par France-Transplants. L'ordinateur avait en mémoire toutes les données concernant les malades, c'était lui qui décidait selon la compatibilité des groupes : donneur-receveur. Le groupe tissulaire de Victor compliquait, en effet, les choses ; mais un jour ou l'autre son rein viendrait : les enfants étaient prioritaires.

Il m'a parlé ensuite de ces organes prélevés dans certaines régions déshéritées du monde sur des malheureux payés trois francs six sous et revendus à prix d'or à des cliniques ou des médecins de nos pays soi-disant développés. Et de ces gamins pris dans la rue auxquels on troquait un œil contre quelques pièces ou un paquet de bonbons. Là, j'ai crié : « Arrête ! – Si je te raconte ces horreurs, a-t-il répondu, c'est pour te montrer que la plus totale transparence comme on dit, devrait être la règle pour toute transplantation. D'autant que, comme tu le sais, il y a pénurie d'organes. »

Nous avons gardé un moment le silence. Je ne parvenais à défaire ma pensée de ces yeux volés aux enfants. Que des gens, des êtres humains avec une cervelle pour comprendre et un cœur pour aimer puissent être capables d'une telle abomination : voler la vue à des petits me plongeait dans l'incrédulité et le désespoir. C'est là où, d'après Grégoire, je suis une incorrigible rêveuse : je ne veux pas me résoudre à l'idée qu'un petit bout de conscience ne subsiste pas en chacun : la mauvaise éducation de Fée.

Jean-Bernard a posé sa main sur la mienne : « Pas trop déçue pour ton Victor ? »

J'ai fait « non ». Au fond de moi, je m'attendais à son refus. Mais alors pourquoi avais-je fait appel à lui ? Était-ce pour me racheter d'avoir souhaité que

« mon » Victor refuse le rein de son père ? Pour me dédouaner de ce vœu en tentant quelque chose ? J'ai raconté aussi à Jean-Bernard l'histoire du restaurant, l'ouverture prochaine, mes remords.

– Ne crois-tu pas que tu dramatises un peu ? a-t-il demandé en riant. Et nul n'est maître de ses mauvaises pensées. Au moins, toi, tu les regardes en face.

Je me souvenais de ce rire, celui du jeune homme qui me faisait la cour. A l'époque, je le pensais léger, c'était moi qui l'étais. Si j'avais fait appel à Jean-Bernard, c'était aussi pour que ce rire remette les choses en place, que son humour me rassure sur moi-même.

– Avec le docteur Lamy, ton gamin est entre les meilleures mains, a-t-il dit pour conclure. Je l'appellerai. Il me tiendra au courant.

Nous en étions au dessert, la faim m'était revenue devant le chariot de pâtisseries. Nous pouvions à présent parler de tout et de rien. Tout ? Ses voyages autour du monde « à la pêche aux organes », son regret de ne plus opérer – mais les yeux, les mains, tu vois, ce n'est plus de la première fraîcheur, alors... –, le huitième petit-enfant qui venait de lui débarquer. Et moi, la vie en Normandie, un autre de mes gamins, prénommé Justino, une Étoile un instant ternie, mon coin de *Caverne*. Rien ? Ce rayon de soleil qui piquait sur notre table, éclairant comme pour me l'offrir cet œillet auquel, paraît-il, mon teint n'avait rien à envier, la douceur de l'air, les vacances à venir.

Le restaurant avait été plein, il se vidait déjà. Trois heures ! Aux Ateliers du Carrousel, Bruno commençait son cours : « Tiens ! L'élève indisciplinée manquait ? » La femme indisciplinée serait bien restée toute la vie en ce lieu privilégié où elle avait pu vider son cœur et être entendue. La tête de la femme indisciplinée tournait, y montaient de troublantes et délicieuses nostalgies, elle rajeunissait à tire-d'aile, cela devenait dangereux, je me suis levée.

– Promets-moi de me tenir au courant, a demandé Jean-Bernard.

Il m'a donné son numéro de téléphone personnel où je pourrais le joindre le matin avant huit heures, sinon à l'hôpital. Avant huit heures ? Avec Grégoire toute bonne oreille déployée... Je n'ai pu m'empêcher de sourire. Un peu salope quand même ! (Pardon.)

– Comment es-tu venue jusqu'ici ? Dans ta boîte à sardines ? a-t-il demandé alors que nous quittions l'hôtel.

Ma fidèle amie : une boîte à sardines ! Non, monsieur, je suis venue en train... Et dans ce sac un peu lourd qu'il avait la galanterie de porter pour moi, se trouvait mon matériel d'artiste. Et de ce pas mal assuré, j'allais me rendre à mon cours où je m'efforcerais de mettre sur une toile un peu de cette chair de la vie dont nous avions parlé si gravement, et ri aussi. Et tandis que je disais ces mots, l'idée de ma future grande œuvre m'a frôlé de son aile comme un oiseau de paradis et, sous le choc, j'ai fermé les yeux.

– Je te fais un brin de conduite ?

Nous traversions le jardin des Tuileries. Un parfum de fête flottait autour des arbres en bourgeons. C'était le printemps comme à Deauville, deux années auparavant. Là-bas aussi Jean-Bernard m'avait fait un « brin de conduite » et, au moment de nous séparer, il s'était penché sur moi et ses lèvres, par inadvertance peut-être, avaient frôlé les miennes. Voici la raison pour laquelle, le lendemain, alors que nous devions dîner ensemble, j'avais pris la fuite sans laisser d'adresse.

Il est des aveux difficiles à se faire à soi-même. Tout de suite, on baisse le rideau ou se cherche des excuses. Des excuses, j'aurais pu m'en trouver à la pelle : l'attitude figée de Grégoire, trop de champagne, la gratitude envers celui qui m'avait si bien écoutée. Et après ? Qu'est-ce que cela aurait changé ?

La vérité est que dans le jardin des Tuileries, marchant à côté de Jean-Bernard Cavalier, j'ai eu envie qu'il me prenne dans ses bras. Toute vermeille que je suis, j'ai brûlé de faire l'amour avec lui et, s'il me l'avait proposé...

Nous avions ralenti le pas, Jean-Bernard ne parlait plus. Partageait-il mon désir ? Pas plus que pour le baiser à Deauville je n'aurai jamais la réponse. Je veux penser que lui aussi a eu envie de moi mais que l'homme de cœur, l'homme d'honneur, s'est refusé à profiter de la situation.

Et c'est très bien ainsi.

CHAPITRE 33

Par une amusante coïncidence, les deux cadeaux d'Hugo sont arrivés en même temps : les seins neufs d'Audrey à *La Maison*, six caisses de blanc de blanc à *La Géode*.

En ce qui concerne le premier présent, Audrey avait profité des vacances de Pâques et de la garde assurée de sa descendance par les grands-parents, pour faire pratiquer l'opération-régénération. Et voici qu'elle nous revenait, à la fois rayonnante et intimidée par un superbe décolleté choisi sur catalogue. Ses enfants n'avaient pas été mis dans le secret car elle souhaitait que sa poitrine soit considérée comme authentique, aussi avions-nous reçu consigne de faire comme si de rien n'était.

Mais de rien n'était plus, cela crevait les yeux et elle avait beau arrondir les épaules et creuser le buste afin de faire passer la chose en douceur, nul ne pouvait empêcher les regards, durant ce repas de début de week-end, de s'attarder sur les géodes miniatures de son anatomie et constater qu'Anastasia – qui, heureusement, n'était pas présente – n'avait plus qu'à aller se rhabiller. Les garçons ne se privaient pas de ricaner et lorsque le nom d'une actrice célèbre pour ses appas a filtré de leurs messes basses, Audrey est devenue écarlate et, sous prétexte d'un vent coulis, a couru enfiler un chandail qui a enterré toute la nouveauté. Bien la peine !

Le même samedi matin avait donc été livrée, là-haut, la production *Cigalou*, accompagnée d'un mot aimable d'Hugo souhaitant : « Bon vent » à l'épopée Karatine. Émue aux larmes par cette marque d'affection, Boris, notre sans-famille, avait couru en mettre un spécimen au frais. Après avoir regardé d'un œil méfiant le nectar, en avoir respiré le fumet puis fait rouler quelques gorgées dans la caverne de son palais russe sous l'œil anxieux de la famille, Vladimir l'avait déclaré correct pour accompagner les bars ou autres poissons farcis des ignorants qui refuseraient de souper à la vodka.

Dans l'enthousiasme, Boris a appelé Hugo pour lui réserver la totalité de sa cuvée à venir.

– Ne devriez-vous pas attendre un peu ? ai-je hasardé.

– Mais attendre quoi ? s'est étonné mon gendre.

Pouvais-je répondre : « De savoir si votre restaurant tiendra le coup jusqu'à la prochaine récolte » ? C'eût été de l'assassinat. Je me suis écrasée

L'arrivée de l'élixir « Cigalou » a été l'occasion de sabler le champagne.

Chez Babouchka ouvre ses portes la semaine prochaine : le 6 avril. Comme prévu, les fleurs explosent partout, c'est ravissant. J'ai surpris à plusieurs reprises Grégoire à la fenêtre. Mis à part mon commandant qui s'entête à vivre comme si *La Géode* n'existait plus, se privant ainsi de l'excitation générale et provoquant des silences gênés chaque fois qu'il apparaît car nous ne parlons que de ça, tout le monde est sur le pont.

La Caverne de Marie-Rose, comme la résidence de Diane, ont été tapissées d'affichettes publicitaires. Après ses cours, Dimitri se transforme en homme-sandwich pour parcourir les rues de Caen. Cela me fait drôle d'être citée partout.

Un seul service, quinze tables, soixante couverts maximum, Boris a fait ses calculs : cinquante convives, c'est bon. Davantage, la fortune commence. Le personnel étant bénévole pour commencer (pour-boires exceptés), les premiers mois d'exploitation seront consacrés à rembourser les dettes. En voyant le prix du menu (on peut également choisir à la carte mais c'est plus cher), mes cheveux se sont dressés sur ma tête. Thibaut, qui ne perd jamais le nord lorsqu'il s'agit de ses bandits, a fait promettre à son beau-frère de ne rien jeter des restes avant qu'il soit passé. Bref, il fera chaque jour les poubelles et quelques familles de Caen seront ainsi royalement nourries.

La première réservation, six jours avant l'ouver-ture, a failli provoquer une crise cardiaque chez Char-lotte qui ne faisait plus un pas sans appareil télépho-nique. Le cher interlocuteur a demandé une table pour quatre. « Je vais voir s'il me reste quelque chose », a répondu Charlotte, le cœur en débandade, courant prendre le superbe *book* encore vierge. Tous les Karatine tremblaient de bonheur et de crainte que le client ne raccroche. La table a été réservée au nom de M. Fortuné. Si ce n'est pas un signe !

Une nouvelle occasion de sabler le champagne.

Trois jours avant l'ouverture, grâce à Jean-Yves, l'ami journaliste de Marie-Rose, Boris a été invité à participer à une émission de télévision régionale. A midi, toute la famille et aussi mes Grâces qui ne quittaient pratiquement plus les lieux, s'énervaient devant le petit écran. On avait, bien entendu, omis d'avertir Grégoire.

Je ne sais comment étaient vêtus les tsars, mais Boris en avait l'allure. Il a eu pour décrire son œuvre des accents lyriques : dans cette société du quelconque, du vacarme et du fast-food, il a promis d'offrir à ceux qui viendraient chez lui, la planète du calme, de la splendeur et de la succulence. Il y croyait si sincèrement que le téléspectateur était emporté. Vladimir reniflait bruyamment. Pour finir, le présentateur a demandé à notre poète comment lui était venue l'idée du nom de son restaurant.

— Dans mon pays, a répondu Boris avec feu, la Babouchka est l'âme de la maison. Elle en est aussi la nourricière, se débrouillant toujours pour mettre quelque chose dans la marmite. Sans elle, rien d'important ne se décide. Dans ses corolles de jupon, c'est elle le vrai chef de famille.

Bien que portant le pantalon, et ma modestie dût-elle en souffrir, il m'a semblé que, disant ces mots, il me désignait à la France. Je n'ai jamais su si Grégoire avait vu l'émission. J'espère que non.

Durant l'heure qui a suivi cette remarquable prestation, les réservations ont afflué. Une occasion supplémentaire de sabler le champagne.

L'ouverture a été un succès. Une table avait été réservée pour les invités d'honneur : le Pacha et moi, Diane, Marie-Rose et leurs compagnons. Le reste de la famille avait également été convié. Thibaut a préféré attendre une soirée plus tranquille. Jugeant inutile de transmettre à Grégoire une invitation qu'il déclinerait et après avoir longuement hésité, je suis, en bonne épouse antédiluvienne, restée à la grotte. Cela a été horrible ! A quelques pas, cette fête dont nous parvenaient, malgré la muraille antibruit de verdure, les joyeux accents. Ici, une femme frustrée qui, toute la soirée, a offert une gueule de béton armé à son troglodyte.

Aux dires de Charlotte, Boris s'est montré un maître d'œuvre inouï. Les clients étaient reçus comme des princes par un prince.

Aux dires de Boris, Charlotte, vêtue de sa robe de mariée (poupée russe) a été une hôtesse exquise. Le moment venu de faire les comptes, un miracle a voulu qu'il y ait dans la caisse plus d'argent que n'indiquait le montant des additions. Notre cadette n'a jamais su rendre la monnaie. Selon Grégoire, une lacune supplémentaire de mon éducation laxiste.

Serveurs expérimentés et d'appoint, garçon de vestiaire ont rempli leurs rôles avec enthousiasme et se sont fait de bons pourboires. Le cadre, les musiciens, la cuisine ont été salués par plusieurs articles dans les journaux locaux.

En avril, le succès s'est poursuivi : les cinquante couverts ont été atteints chaque soir sans difficulté. Les notes de Capucine à l'école sont tombées en chute libre. Nous avons mieux compris pourquoi en la retrouvant endormie sur la moquette de la loggia d'où elle assistait à la fête, délaissant sa petite sœur qui en a profité pour créer dans sa chambre (du garage rénové) un début d'incendie en repassant la robe de sa poupée. Cette enfant est précoce.

Mai, déjà ! Léger comme fleurs de pommiers. Pour demain, vendredi 15 – jour qui s'inscrira dans nos mémoires –, les Réville ont réservé une table de huit personnes. Par Audrey, nous avons appris qu'ils amenaient avec eux un célèbre critique gastronomique. Celui-ci, s'étant donné pour règle de ne jamais parler de connaissances dans ses articles, doit tout ignorer des liens de parenté qui unissent ses hôtes à *Chez Babouchka*. Le temps d'une soirée, les Karatine seront donc des inconnus pour les Réville.

A la pensée de décrocher une étoile, tout le monde est sur le gril. Vladimir a promis de se surpasser. Il allume des cierges.

En attendant, aujourd'hui, 14 mai, à six heures du soir, dans la banlieue de Bruxelles, Bertrand Van Eyk, architecte de vingt-sept ans, célibataire, a été victime d'un accident de la route. Transporté à l'hôpital, il est en état de mort cérébrale. Sur lui, il porte un papier notifiant qu'il désire donner ses organes à la science.

CHAPITRE 34

Il était trois heures et demie de l'après-midi, ce vendredi 15 mai, le soleil se croyait en juillet et j'étendais mes draps sur l'herbe pour leur redonner de la verdeur lorsque j'ai vu Vladimir, en tenue de cuistot, courir vers la maison. Il poussait de hauts cris et faisait des moulinets avec ses bras ; un instant, j'ai eu peur que le feu n'ait pris à ses cuisines mais il ne criait pas : « Au feu », il criait : « Babou, Babou, vite... » Encore un qui n'est pas fichu d'utiliser mon prénom.

L'hôpital de Rouen venait d'appeler : un rein allait arriver pour Victor, on cherchait à joindre les parents du petit.

Les parents étaient en vadrouille du côté de leurs fournisseurs et ne rentreraient pas avant six heures. J'ai décroché mon téléphone.

La voix du docteur Lamy vibrait de joie contenue. L'ordinateur d'Euro-Transplants avait donné le nom de Victor Karatine pour bénéficier du rein d'un jeune Belge décédé la veille. Les groupes sanguins étaient identiques, les groupes tissulaires aussi proches qu'on pouvait l'espérer. Acheminé par hélicoptère, le greffon serait dans deux petites heures au CHU de Caen.

Une antenne mobile du SAMU était déjà en route pour prendre Victor à son collège et l'emmener à l'hôpital où il subirait une dialyse. Le rein ne pouvant attendre plus de trente-six heures après l'ablation, Victor serait opéré dans la soirée. M'était-il possible d'avertir ses parents ?

J'avais écouté tout cela comme un conte de fées qui me desséchait la gorge et m'incendiait la poitrine. « Je m'en charge, ai-je dit, et j'ai ajouté : Docteur, je suis tellement heureuse ! – Prions ! » a-t-il répondu simplement. Pour le jeune mort, pour la douleur des siens, je n'avais pas eu une pensée. Là-bas, on pleurait, ici j'applaudissais.

Vladimir en était au même point que moi : complètement déréglé. Nous riions et parlions à la fois. « Babou, je peux vous embrasser ? » a-t-il demandé. Après un baiser parfumé aux produits de la mer Caspienne, nous nous sommes répartis les tâches. J'allais foncer à l'hôpital pour ne pas laisser Victor seul, Vlan ferait son possible pour joindre Boris, sans pour autant abandonner ses fourneaux. Quasiment toutes les tables étaient réservées ce soir. « On peut dire que M. le Critique gastronomique a bien choisi son jour », m'a-t-il fait remarquer et nous avons été pris de fou rire nerveux avant qu'il remonte au triple galop vers son royaume.

Durant quelques minutes, j'ai tourné en rond, prise dans un tourbillon de pensées et de sentiments qui m'empêchait de me fixer sur le geste à faire. Si seulement Grégoire avait été là ! Mais sa tondeuse l'avait lâché et depuis quelques jours il se baladait dans les grandes surfaces, notant marques et prix, une fête pour lui ! J'ai essayé en vain de joindre Audrey ; elle devait être sur le chemin du collège d'Adèle.

Croyez-moi, pour un greffon, se déclarer à quatre heures de l'après-midi, ce n'est pas évident.

Plusieurs adultes étaient branchés à leur machine dans la salle de dialyse du CHU de Caen. Au bout d'un lit, il y avait un sac à dos de toutes les couleurs et, dans ce lit, se trouvait mon malade à moi. Lorsqu'il m'a vue, son visage s'est éclairé :

— J'avais peur que personne ne sache... a-t-il murmuré.

— On voit que tu ne connais pas le téléphone du cœur, ai-je répondu. Dans une heure, toute la ville sera au courant et il faudra refuser du monde.

Mais Victor n'était pas du tout disposé à rire, pas plus que les autres branchés dont les visages blafards étaient tous tournés vers nous. Que pensaient-ils, ceux-là, sans doute trop âgés ou à la santé trop dégradée pour espérer une greffe ? Étaient-ils encore capables de se réjouir pour le petit qui allait recevoir son rein ?

On dit que la souffrance rapproche des autres, il arrive aussi qu'elle blinde les cœurs.

— Papa et maman vont venir ? a demandé Victor.

— Dès que Vlan leur aura appris la grande nouvelle.

— Est-ce qu'ils resteront avec moi ?

— Crois-tu qu'on va t'abandonner comme ça ?

— Mais alors, qu'est-ce qui se passera pour le restaurant ? s'est inquiété Victor. On est complet ce soir, et en plus c'était mon tour de vestiaire.

— En ce qui concerne le vestiaire, si tu acceptes de me céder dix pour cent des pourboires, c'est une affaire réglée.

Cette fois, il a daigné sourire.

— Chiche !

— Chiche !

Vous plaisantez, et la vie vous rattrape au tournant. Mais nous n'en étions pas encore là...

A cinq heures, une jeune femme est passée. Elle était belle : un visage volontaire dégagé par un lourd chignon blond. « Je suis l'anesthésiste, a-t-elle annoncé à Victor. C'est moi qui m'occuperai de toi. Le docteur N'Guyen t'opérera, c'est un as. Elle lui a souri : Lorsque tu te réveilleras, tu seras un homme neuf. »

L'homme neuf a crâné tant qu'elle a été là, mais sitôt qu'elle a eu le dos tourné il a cessé de jouer et j'ai vu qu'il avait peur. Cela aussi, on me l'avait appris : il paraît qu'à la fois le malade peut avoir attendu avec impatience la greffe et, au pied du mur, être pris de panique à l'idée de quitter un état de dépendance – auquel bon an, mal an, il s'est habitué – pour affronter une nouvelle étape où l'attendent des responsabilités, des contraintes inconnues.

Victor répondait à peine aux questions des infirmières, il regardait ses voisins, accrochés à leurs machines, avec l'air de se demander si, au fond, il ne préférerait pas continuer comme ça. Je me sentais impuissante à l'aider, un poids énorme sur la poitrine. Que faisaient Boris et Charlotte ? Vladimir était-il parvenu à les joindre ? Je ne cessais de regarder vers la porte. C'est sur Gérard, Gérard le psy, qu'elle s'est ouverte.

Avec un grand sourire, il est venu jusqu'au lit de Victor. L'équipe de Rouen l'envoyait : le docteur Lamy, la surveillante, les infirmières, l'institutrice, et aussi Gabriel et Mélanie qui lui avaient fait des dessins marrants à coller au mur de sa chambre de convalescence. Victor s'est redressé pour les regarder. J'ai voulu le laisser avec Gérard, mais celui-ci m'a retenue : « Restez, s'il vous plaît. » Son regard me disait qu'il comprenait tout : et l'état d'esprit de Victor et le mien. J'avais envie d'exprimer ma reconnaissance, je ne savais comment. Cela m'arrive souvent, cette envie de « rendre ». Il s'est assis au bord du lit de Vic.

– As-tu envie de savoir ce qui se passe en ce moment ? lui a-t-il demandé.

– Je veux bien, a répondu Victor d'un air misérable.

– Eh bien ! A Bruxelles, on a mis ton rein au frais, puis on lui a offert un baptême de l'air : en hélicoptère. Une balade accompagnée.

Il s'est interrompu. Victor était intéressé. Les autres malades aussi.

– Mais tu ne sais pas encore le plus beau, a repris Gérard. Des motards de la gendarmerie de Caen sont partis pour le terrain d'atterrissage. Sitôt le rein de monsieur posé, ils l'escorteront jusqu'ici. Et en fanfare ! Pin-pon, pin-pon... Les voitures des simples usagers auront intérêt à se ranger sur le côté.

– Des motards, pour moi ? a demandé Victor, incrédule.

– Les mêmes qui font escorte au président de la République quand il passe par là.

Un instant, le petit a savouré la nouvelle, puis, très bas, il a posé la question :

– C'était qui ?

Gérard a compris avant moi :

– C'était un jeune homme épatant qui avait envie de servir s'il lui arrivait quelque chose et avait pris soin de l'écrire sur un papier.

– Moi, quand ce sera fini, je l'écrirai aussi, a décidé Victor de la voix ferme d'un futur président.

Et tous les branchés ont ri.

Boris et Charlotte sont arrivés à six heures et demie alors que Gérard venait de nous laisser. Avec son air hagard et ses cheveux dénoués, Boris avait l'air de sortir de l'asile de fous. Charlotte paraissait calme. Je suis allée attendre dans le couloir. Je me pinçais le bras pour ne pas pleurer. Même pas l'excuse de l'âge, j'ai toujours eu la larme facile. Passez-moi *Jumbo l'éléphant volant*, j'en verse des torrents. Les histoires de mère, ça me tue !

Très vite, Charlotte m'a rejointe.

— Nous restons avec lui, a-t-elle déclaré. Ce serait bien que tu appelles Audrey pour lui donner des nouvelles. Nous lui avons déposé Tatiana en passant.

Puis elle m'a regardée de cet air de défi qui, pour elle, a toujours remplacé les « s'il te plaît » et parfois les « merci ».

— Peux-tu t'occuper du restaurant ? Vlan t'expliquera.

— Avec joie, ai-je répondu.

Je suis repassée par la salle pour embrasser mes hommes. Le plus petit, tout ragaillardi, s'efforçait de remonter le moral du plus grand qui pleurait comme une Madeleine. Fragiles, les hommes ! Doublement, les artistes ! J'ai glissé à l'oreille du héros de la fête : « Marché conclu pour le vestiaire » et je suis sortie d'un pas ferme.

Comme je traversais le hall en tanguant comme un bateau ivre, j'ai croisé quelqu'un qu'il m'a bien semblé reconnaître. Nous nous sommes arrêtés en même temps.

— Mais, qu'est-ce que tu fais là ? ai-je demandé bêtement.

— Tu ne t'en doutes pas ? a répondu Jean-Bernard Cavalier. Lamy m'a appelé pour m'annoncer la grande nouvelle. Il se trouve que je connais N'Guyen. Je suis convié à assister à l'opération.

– Mais... tu es venu de Paris ?

Il a ri.

– Je n'avais pas le droit ? C'est si beau une greffe ! Je n'allais pas laisser passer l'occasion de revoir ça.

J'ai murmuré « merci » ; heureusement pour moi, je sais. Et je lui ai tendu une carte du restaurant : « Promets-moi de venir après », ai-je chevroté. C'était pire que pour *Jumbo l'éléphant volant* aussi me suis-je sauvée sans attendre la réponse.

Un miracle que je sois arrivée intacte à *La Maison*. Je fonçais sans rien voir derrière mes lunettes embuées. Dans l'espoir de me reprendre en main, je m'admonestais à voix haute. Je disais : « Bon ! Et d'une, Victor va être greffé, ça y est quand même, il est entre les meilleures mains, n'y pense plus, ma vieille... » J'avalais péniblement une ou deux gorgées de salive pour dégager le passage et je repartais : « A présent, la priorité est de faire marcher ce restaurant de malheur, on te l'a confié, il ne s'agit pas de rater ton coup ! »

Comme je m'arrêtais dans la cour, Grégoire montait dans son paquebot pour me rejoindre à Caen. Il était sept heures du soir. Les premiers clients étaient attendus à huit heures trente.

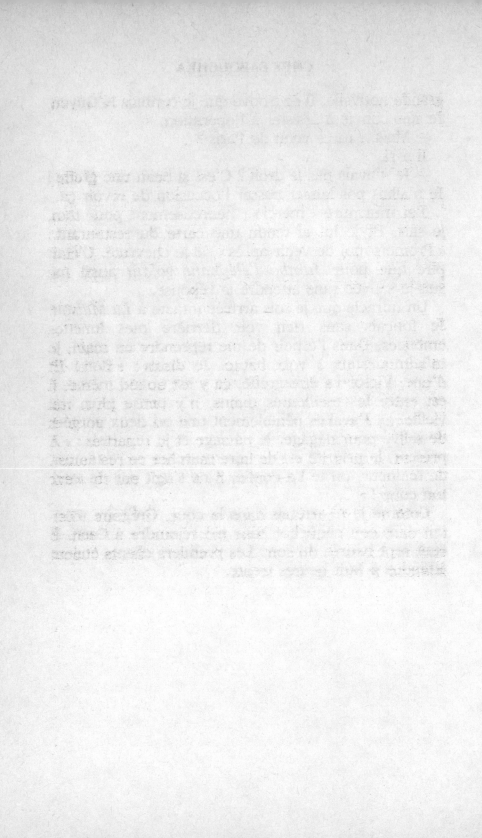

CHAPITRE 35

J'ai regardé mon commandant dans les yeux : terminés, pour moi, les précautions oratoires, les pensées camouflées, les soupirs retenus, cette comédie stérile que nous nous jouiions depuis des semaines pour préserver une soi-disant entente. Comment « s'entendre » lorsqu'on évite de parler du sujet essentiel ? Un enfant que tous deux nous aimions allait passer sur le billard, son avenir se jouait ce soir, cela seul comptait et j'avais soudain retrouvé mon calme. Maman appelle ça une « grâce d'état ».

Je lui ai dit : « Écoute-moi bien, mari ! Dans trois quarts d'heure, Victor va recevoir son rein. Ses parents ont décidé de rester avec lui et j'ai promis de les remplacer là-haut. Il y a foule ce soir, ce ne sera pas une petite affaire, alors pardonne-moi si je ne m'attarde pas. »

La fermeté de mon discours m'avait émue moi-même mais je n'allais pas recommencer à larmoyer, ce n'était vraiment pas le moment, aussi ai-je ignoré la main que Grégoire me tendait et suis-je montée dans notre chambre d'où j'ai appelé Vladimir pour donner des nouvelles et dire que j'arrivais. Je prendrais en charge la réception et le vestiaire.

« Mais qui remplacera le patron ? » a-t-il demandé avec inquiétude.

... Le maître d'œuvre, le prince qui recevait chacun comme un hôte d'exception, l'escortait à sa table, le guidait dans son choix et faisait également office de sommelier.

« Pas de problème, je m'en occupe », ai-je déclaré.

... avant de raccrocher et demeurer *K.-O*. QUI ? Quel sauveur trouver en si peu de temps ? Des noms d'amis défilaient dans ma tête, mais lequel serait disponible sur l'heure pour accomplir une tâche à laquelle il ne connaîtrait rien ? On me rirait au nez : cette rêveuse de Josépha ! Alors Thibaut ? Lui, accourerait, bien sûr. Seulement, avec ses cheveux en broussaille, sa barbe et ses baskets, il n'était pas montrable (c'est de famille). De plus, il était nul en vins.

C'est grâce au vin que l'idée m'est venue : MARIE-ROSE ! C'était toujours elle qui choisissait, et avec quelle autorité, lors de nos escapades. Et pourquoi pas Diane également ? Oui, DIANE ! Elle ferait une merveilleuse hôtesse. De plus, toutes deux connaissaient par cœur *Chez Babouchka* et son menu. Une de mes Grâces et nous étions sauvés. Deux, ce serait Byzance ! J'ai formé le numéro de ma brocanteuse.

– Qui appelles-tu encore ? a demandé Grégoire de la porte.

Je le lui ai dit, et aussi que le succès encore fragile du restaurant reposait sur la personne qui prendrait ce soir le relais de Boris. Il a eu un rire sauvage.

– Et tu imagines que tes péronnelles, qui mettent de la pêche dans leur champagne (vrai) et ne savent pas la différence entre un Coca et un côtes-de-Beaune (faux) pourront sauver les extravagances de ton gendre ? Si tu me disais plutôt où tu as rangé mon costume gris à rayures.

– Babou, tu es belle ! s'extasie Capucine.

Je porte mon beau pyjama-réveillon : celui-là, au moins, il aura servi ! Il aura même été mis, si l'on peut dire, à toutes les sauces. Huit heures du soir viennent de sonner et, dans l'un des miroirs de l'aquarium, je vérifie mon maquillage tandis que Grégoire prend connaissance du menu et de la carte des vins et vodkas variés.

Comment dire ? Il est entré en terrain conquis dans le palais des Mille et Une Nuits. Sous le regard incrédule de Dimitri et d'Anastasia, il a demandé à voir la liste des réservations, s'est arrêté près de chaque table, a fait rectifier quelques détails, discuté avec le couple de serveurs-chefs, puis a rejoint Vladimir dans ses cuisines. Au fond, mon militaire mourait d'envie de franchir la ligne Maginot mais ne savait comment s'y prendre sans perdre son honneur. Ce soir, il ne capitule pas. En un geste que seul Victor Hugo saurait justement chanter, il passe du côté de l'ennemi pour le sauver.

– Comment as-tu fait, Babou ? vient s'enquérir Anastasia, fin prête pour seconder qui en aura besoin lors du coup de feu et apparemment décidée à incendier les tables avec sa robe cramoisie très, très près du corps.

– Mais je n'ai rien eu à faire, il est comme ça, le Pacha ! Tu ne te souviens pas quand il avait dit à Victor qu'il était prêt à se battre pour chacun d'entre vous ? Eh bien, d'une certaine façon, c'est ce qu'il fait ce soir.

– Raconte, Babou, interroge Capucine en robe de chambre capitonnée, et qui depuis mon arrivée ne m'a pas lâchée d'un pouce : est-ce que quand il rentrera, Victor pourra faire pipi en visant comme Tim et Gauthier ?

— Peut-être pas tout de suite, mon cœur. Viser... Il ne faut pas trop en demander à la fois, mais ça viendra sûrement.

— Babou, tu sais que le grand Igor passe ce soir ? m'annonce fiévreusement Dimitri, vêtu d'un pantalon noir et d'une chemise blanche à la moujik qui accentuent encore son côté Hamlet.

— Je vais enfin entendre *Les Bateliers de la Volga* !

Huit heures quinze : plus qu'un quart d'heure avant le moment de vérité. Je me tourne vers Capucine.

— Dis-moi, ma chérie, tu ne crois pas qu'il serait temps de te retirer dans tes appartements ?

— BABOU ! J'ai huit ans et maman m'a permis de l'attendre.

— Mais tu peux attendre dans ta chambre ? On ira te chercher dès qu'elle arrivera.

Les larmes emplissent les yeux de ma petite-fille. Bien entendu, je craque. Mais avec quelle fermeté !

— Alors tu te mets dans un coin, on ne te voit plus, on ne t'entend plus !

Ça, elle a l'habitude ! Toutes les cachettes pour assister en douce à la fête, elle connaît et elle disparaît promptement dans les plantes vertes, au bout du bar, araignée du soir, espoir.

Bon ! Répétons notre leçon. Je devrai d'abord demander avec un grand sourire : « A quel nom avez-vous réservé ? » Puis cocher le nom, prendre le vestiaire, donner le ticket. Grégoire ou Dimitri escorteront les clients à leur table. Les additions me seront apportées au fur et à mesure. Quand j'avais l'âge de Capucine, je rêvais d'être marchande ; eh bien, voilà, je l'ai ma caisse enregistreuse !... Mais à l'époque, on payait en bel argent sonnant et trébuchant, les cartes de crédit n'existaient pas, ni toutes ces puces électroniques. Moi qui ai toujours farouchement refusé le progrès, comment vais-je m'en tirer ? Je sais bien que Dimitri a promis de m'aider, mais sera-t-il disponible au bon moment ? Mon Dieu, dans quoi me suis-je embarquée ?

Bruit de roues sur le chemin, freins, portières. *Chez Babouchka*, tout le monde est au garde-à-vous, Grégoire surgit comme par enchantement : « Si vous voulez me suivre ? »

Aux pieds, le cher porte mon beau cadeau de Noël.

J'avais oublié les Réville ! Ils sont arrivés à neuf heures, avec trois autres couples, grâce au ciel inconnus de nous. L'un de ces hommes était donc le fameux critique gastronomique qui devait tout ignorer des liens unissant ses hôtes avec le restaurant ! Me découvrant à la réception, Lise a eu une bouffée de chaleur qui l'a embrasée toute à en juger par la teinte de son décolleté. D'une voix neutre, j'ai demandé : « A quel nom avez-vous réservé ? » Henri de Réville a reçu le message sept sur sept et répondu avec un grand sang-froid. Sang-froid qui en a pris un coup lorsqu'il a vu M. Zone Sinistrée apparaître dans son costume gris à rayures. Durant quelques secondes, tout a failli capoter. Puis Grégoire s'est incliné : « Je vous précède à votre table ? »

Si la Marine ne me l'avait pris, cela aurait pu être la tragédie antique.

Après, c'était comme dans ces réceptions de mariage ou ces cocktails où l'on voit tout le monde et personne. Excepté deux tables, toutes étaient occupées. Grégoire allait de l'une à l'autre, veillant à ce que chacun soit satisfait, défendant la cuisine ukrainienne avec autant d'ardeur que, sur sa *Jeanne*, lors des escales, il défendait la française. J'essayais de compter les couverts mais n'arrivais jamais au bout de mes calculs, ce qui n'était pas de bon augure pour ma caisse. Le téléphone sonnait souvent : des réservations pour les jours suivants. J'avais envie de dire à mes interlocuteurs : « Oui, venez, vous ne serez pas déçus. » Boris avait réussi son pari : donner à rêver. Anastasia et Dimitri passaient fréquemment : « Des nouvelles de Victor ? » Non ! Pas de nouvelles de Victor. Pourtant, l'opération devait être terminée. Et si cela s'était mal passé ?

Je me souviens des applaudissements à l'entrée du grand Igor, dans une cape noire doublée de rouge, entouré de ses musiciens. Lorsqu'il a interprété ses fameux *Bateliers de la Volga*, de sa voix comme un fleuve roulant sur la pierre, tous les dîneurs, devant leurs assiettes et leurs verres remplis, se sont sentis à l'extrémité de leurs forces et ont éprouvé la faim et la soif. Ils ont ponctué avec bonheur le chant de leurs battements de mains. Le grand chanteur n'est pas resté longtemps mais tant qu'il a été présent, l'âme de la Russie, fervente et déchirée, généreuse et démunie, marquée à l'encens et à la feuille d'or, a embrasé la nôtre. Bercée par la musique, Capucine s'était endormie.

Je me souviens de l'expression radieuse de mon mari – « On tient le coup, moussaillon ? – déposant devant moi un godet de vodka et devinez quoi ? C'est gris, translucide, onctueux, parfumé à la mer Caspienne. J'oubliais régulièrement Victor. Il revenait comme un boomerang dans ma poitrine. Quelle chose surprenante, la mémoire ! On dirait parfois qu'elle se tait pour vous protéger. Quel sentiment surprenant, le bonheur ! Il était là, mais si je le nommais, il me déchirait le cœur.

Boris a appelé un peu avant dix heures : « Babou, c'est vous ? C'est bien vous ? » A sa voix, j'ai cru qu'un malheur était arrivé. Il a crié : « C'est extraordinaire, Victor vient de se réveiller et devinez, Babou, devinez : IL A FAIT PIPI. »

Il s'est trouvé que Capucine, tirée du sommeil par la sonnerie du téléphone, a entendu. Avant que j'aie pu la retenir, elle a foncé dans la salle, jusqu'à son grand-père à qui elle a lancé : « VICTOR A FAIT PIPI. VICTOR A FAIT PIPI. »

Il se trouve qu'à force de lutte opiniâtre pour couvrir parfois la voix des mâles de la tribu, cette petite fille cache dans sa frêle poitrine le coffre d'un Pavarotti. La bonne nouvelle n'a donc épargné personne et la salle s'est tue. C'est alors que Capucine s'est rendu compte qu'elle ne se trouvait pas dans l'intimité du foyer mais face à une salle pleine de personnes dont certaines avaient à présent le mauvais goût de rire en découvrant sa confusion.

Elle a fait un tour sur elle-même dans sa robe de chambre en corolle, très comtesse de Ségur. « Merde alors, a-t-elle dit. – Capucine, NON ! », s'est écrié en un réflexe le grand-père tandis que les Réville disparaissaient derrière leurs serviettes. « Putain, j'ai dit merde », s'est-elle embrouscaillée. La suite s'est heureusement noyée dans une improvisation déchaînée des musiciens qui, eux, avaient compris la fabuleuse signification de l'annonce.

Les heureux parents sont arrivés vers onze heures. Découvrant Grégoire devant lui, Boris a vacillé et j'ai cru que, cette fois, c'en était fait de la raison de mon gendre, déjà tant éprouvée par cet hiver d'incertitude et de galère.

— Si vous voulez me suivre ? a ordonné le Pacha, guidant fermement les nouveaux venus dans la salle.

— Mais..., tentait de protester notre prince.

D'un geste discret, Grégoire a désigné la table du critique gastronomique clandestin.

— Vu l'état où vous êtes, cela ferait désordre et je n'ai pas pour habitude de laisser en plan ce que j'ai commencé.

Le beau-père a servi le gendre. Sous le bar, Capucine et moi étions mortes de rire.

Les Réville et leurs amis ont été parmi les derniers à partir. C'était sûrement un bon présage mais ne faisait pas l'affaire d'Audrey et de Jean-Philippe qui attendaient, cachés dans le garage, que la voie soit libre pour venir féliciter les parents de l'heureuse réception du greffon par Victor.

Sitôt la porte fermée sur l'ultime client, nous avons fait une fête à tout casser à laquelle musiciens et personnel ont participé. La vodka coulait à flots, le caviar se dégustait à la louche, à deux heures du matin nous étions encore là. Nous sommes ainsi chez les Rougemont : ou nous nous couchons comme les poules, ou l'on ne nous retient plus.

Alors que nous chantions à nous fendre le crâne, avec accompagnement de violons s'il vous plaît, Charlotte s'est interrompue pour me tendre une carte :

— Tiens ! J'avais oublié de te donner ça.

C'étaient trois lignes de Jean-Bernard : *Tout s'est bien passé, je te laisse en famille, j'embrasse la belle Babouchka.*

Je n'ai pu m'empêcher de sourire. D'une certaine façon, il me rendait la monnaie de la pièce, se dérobant à mon invitation comme je l'avais fait à Deauville pour la sienne[1].

1. Voir *Belle-grand-mère*.

Je veux penser qu'il a fui devant la tentation.

– La belle Babouchka... Et puis quoi encore ? C'est qui, ce blaireau ? a demandé Charlotte qui avait lu sur mon épaule.

Sont qualifiés de « blaireaux » tous ceux qui ont l'audace de regarder sa mère. Ceux qui la regardent, elle, sont des « mecs d'enfer ».

– L'un de mes nombreux amoureux transis, ai-je répondu.

Le critique gastronomique a consacré un article à *Chez Babouchka* dans un hebdomadaire très lu. Il avait apprécié la beauté du lieu, l'ambiance, les zakouskis à la Victor, la salade Anastasia, le bar farci Dimitri et la glace à la vodka Tatianouchka. Mais le fin du fin, affirmait-il, était l'accueil que vous réservait le patron, un homme d'âge respectable, aux manières affables, aux conseils judicieux, qui parlait le français comme s'il était du terroir.

On sentait, disait pour conclure ce fin psychologue, que ce grand monsieur avait mis tout son cœur dans son entreprise.

CHAPITRE 36

Dans quinze jours, déjà les grandes vacances ! En juillet, nous hébergerons les trois filles à *La Maison*. Les garçons : Tim, Gauthier et Justino, vont s'initier à l'alpinisme dans les Pyrénées. Les aînés Karatine travailleront à plein temps *Chez Babouchka* afin de se faire des sous pour partir en août. Le restaurant a pris une bonne vitesse de croisière ; il a maintenant ses habitués.

Jean-Philippe et Audrey profiteront de deux semaines sans enfants pour s'envoler vers des plages lointaines où notre aînée a l'intention de faire admirer à tous sa belle poitrine neuve. Nous la pensions pudique, elle était simplement complexée. « Les trois quarts des vertueuses ne sont que des honteuses cachées », résume Marie-Rose. Quoi qu'il en soit, l'humeur d'Audrey est transformée ; aussi vive la chirurgie esthétique !

« Au mois d'août, je t'enlève ! a décidé courageusement Grégoire. Lieu, modalités de séjour, à toi de choisir, tu as carte blanche. »

Et voici qu'alors que je lui ai souvent réclamé cette escapade, j'hésite ! Mon baroudeur ne prise plus que sa maison, sa femme, sa famille, les copains et les dictionnaires. Mon aventurier renâcle à l'exotisme. Osons le reconnaître, les visites de musées et d'églises qu'il appréciait autrefois le barbent, il s'endort au théâtre, prend froid aux festivals. Il affirme que les plus belles peintures, les spectacles les plus émouvants, la musique la plus poignante sont dans les poèmes qu'il adore réciter à la mer. Il connaît par cœur des centaines de vers. En somme, pourquoi bouger puisqu'il a tout ça sur lui ?

Et pendant que nous y sommes, osons aussi le reconnaître : même lorsqu'on s'aime encore beaucoup, partir à deux après quarante années de vie commune n'a plus les attraits d'autrefois. Le plaisir de découvrir une chambre d'hôtel était dû pour beaucoup à celui de tomber dans les bras l'un de l'autre en un lit et un cadre inconnus. Les dîners aux chandelles, les balades au clair de lune exhalaient surtout la lumière des caresses que l'on venait de se donner, de celles qui vous attendaient.

Bref : être enlevée, j'en rêve ! Mais que vais-je bien pouvoir faire de mon kidnappeur ?

Une idée m'est venue ! J'ai carte blanche ? Alors la Grèce, une île sur la mer Égée, un hôtel tout blanc avec vue sur passé grandiose où le ciel était habité, où l'on sent encore la présence de cette Olympe peu fréquentable mais qui haussait les hommes, les aidait à accepter leurs plaisirs et leurs terreurs.

Les modalités de séjour ? Nous embarquons Maurice et sa Marguerite retrouvée. Les marins auront leur Scrabble et leurs histoires drôles pas drôles du tout, Margot son tricot, moi mon matériel d'artiste. Il y a un enfant sous chaque pierre, en Grèce. Je croquerai leurs visages pour préparer la grande fresque à laquelle je ne fais que penser depuis le jour où

Jean-Bernard m'a révélé que des criminels volaient leurs yeux à des enfants pour les greffer sur d'autres.

Terminé le trompe-l'œil pour moi ! Plus de mirages, de mystification. Je veux peindre la vie telle qu'elle est, avec ses illusions et sa réalité, ses chimères et ses dragons. Je me connais : derrière les ombres, les sombres, les brouillards, j'arriverai bien à mettre un peu de lumière. J'ai décidé de capturer ce fugitif instant de vérité qui comble le cœur de l'homme et s'appelle la beauté.

Comme on peut voir, tout un programme !

Aujourd'hui, samedi, nous fêtons à *La Maison* l'anniversaire de Tatiana. Toute la famille a applaudi lorsque, consciente de son importance, mademoiselle a soufflé ses trois bougies. Victor, encore un peu pâlot, a repris une part de gâteau. Tout va bien pour lui. Il est encore très suivi mais les dialyses sont oubliées et il se rend chaque jour à son collège. Il me semble le voir se développer comme ces fleurs chinoises quand vous les mettez dans l'eau, mais ça, c'est sûrement dans ma tête. En tout cas, une certitude, Capucine me l'a assuré, il « vise » maintenant comme ses cousins... une malheureuse petite plante au fond du jardin, qui espérait vivre tranquille son existence de petite plante et que les chenapans ont choisie pour cible.

Il m'arrive de penser à un jeune architecte belge qui n'aura, le pauvre, pas construit beaucoup de maisons mais grâce à qui un petit frère inconnu de lui peut vivre aujourd'hui comme tout le monde. Je vous peindrai, Bertrand Van Eyk, dans l'éclat neuf d'un regard d'enfant.

Et je peindrai ceux de l'Étoile, et l'Indianos, et le

Ruskoff, sacré hiver, quand même ! Je te peindrai, hiver. Je t'esquisserai, printemps.

Un éclat de rire ? C'est Thibaut qui fait le pitre. Un cri de victoire ? Justino au sommet du noyer (d'ici que nous ayons une patte cassée). Des scintillements dans la verdure, c'est *La Géode*, là-haut. Tout est si parfait soudain que l'on se croirait dans un livre d'images, mais ne vous fiez pas aux trop belles images, il peut y avoir des oiseaux de malheur dans les arbres, des bêtes noires sous les nappes d'anniversaire, des araignées du matin tissant le chagrin dans les coins.

Mais il y a aujourd'hui une entente restaurée, un Roméo libre d'aimer, le regard tendre du commandant sur son moussaillon. Et de quoi me plaindrais-je ? Je l'ai voulue ou non, cette famille ? Et je le savais bien, qu'aimer c'était dangereux, c'était s'exposer.

— Babou, tu pleures ?

Trois fillettes, deux grandes et une toute petite barbouillée de chocolat, me regardent avec inquiétude.

— Moi, pleurer ? Un jour comme ça ? A quoi vous pensez, les punaises. C'est le vent ! Les yeux des grand-mères sont fragiles.

— Leur cœur aussi ! soupire Adèle.

Leur cœur surtout !

Impression réalisée sur CAMERON par
BRODARD ET TAUPIN
La Flèche

pour le compte des Éditions Fayard
en mars 1994

Imprimé en France
Dépôt légal : mars 1994
N° d'édition : 8539 – N° d'impression : 6372 I-5
35-33-9223-01/5
ISBN : 2-213-59223-3